ベリーズ文庫

スパダリ副社長の溺愛がとまりません！

花音莉亜

JN166732

STARTS
スターツ出版株式会社

目次

スパダリ副社長の溺愛がとまりません!

特別書き下ろし番外編

スパダリ副社長の
溺愛がとまりません！

イケメン御曹司と出会いました⁉

「橘《たちばな》ホテルのチャペルかぁ。憧れちゃうな」

オフィスで仕事中、パソコンを食い入るように見ながらため息をつくと、後ろを通りかかった原田《はらだ》部長のクスクス笑う声が聞こえた。

「クライアントの情報収集が、脱線し始めてるんじゃないか？」

ドキッとして振り向くと、部長は目を細めながら、私のパソコンを覗き込んだ。

「すみません……つい。橘不動産《たちばなふどうさん》を調べていたら、ハワイのホテルに辿り着いてしまって」

私の勤務する設計事務所では、来週から、新しいプロジェクトが始まる予定になっている。新しくオープンするダイニングバーの設計で、私はそのインテリアコーディネートを任されているのだ。

クライアントは、橘不動産という橘グループの企業だ。橘グループとは、信託銀行を経営する橘トラストホールディングスを親会社として、不動産会社に証券会社、商社まで有する企業グループだ。

「ここか。ハワイでも有名な、橘グループのチャペルだよな。ハワイの海が見えるってやつ……」

部長も画面を食い入るように見ながら、白亜の建物の説明をぶつぶつ読んでいる。

ハワイにある橘ホテルのチャペルは、四方がガラス張りで、百八十度のオーシャンビューが見渡せる。今、リゾートウエディングで一番人気のチャペルとして、雑誌やテレビでも話題になっていた。

「原田部長、やっぱり気になるんですね。いつかのための勉強ですか?」と、冗談交じりに言うと、部長は照れくさそうな笑みを見せた。

原田部長は一級建築士で、常にクライアントの希望以上の建物造りを提案するやり手。その仕事ぶりを評価され、三十二歳の若さで部長職に昇進している。紳士的で気さくな人柄で、私の信頼する頼れる上司だった。

部長には、五年ほど付き合っている彼女がいるから、もしかして……と思って言ってみたら図星だったらしい。

「そういう広瀬《ひろせ》だって、目を輝かせてるじゃないか」

「ふふ……。実は、学生の頃にテレビで見てから憧れなんですよ。でも、彼氏もいないんじゃ、いつ叶うか……」

画面をクリックしながら、橘不動産の会社概要を眺める。会社名は聞いたことがあるけれど、詳しいことは知らなかったから。

「あれ？　筆頭株主のひとりって、橘トラストホールディングスの副社長なんですね？」

リンク先を巡っていると、いつの間にかサイトを抜け出していて、いろいろな企業の情報が載っている場所へ辿り着いた。そこには、企業の株主が記載されていて、橘不動産の筆頭株主のひとりに、〝橘亮平《りょうへい》〟という名前がある。

「そうみたいだな。社長じゃなくて、息子の副社長の方なのか。だからか」

部長はふんふんと、ひとり納得している。

だけど、私にはその意味が分からなくて問いかけた。

「だからって、なにがですか？」

「ああ、広瀬には言ってなかったよな。実は、今回のダイニングバーの設計の打ち合わせなんだけど、橘副社長も同席されるらしくてさ」

「えっ？　そ、そうなんですか？」

橘副社長といえば、若くして橘トラストホールディングスの副社長を務めている人物だ。アメリカの有名大学を卒業しているエリートで、さらにイケメン御曹司としても有名。父である橘社長が、経済界のドンと呼ばれるほど影響力があり、そんな副社長が同伴だなんて緊張するにもほどがある。

目を見開いて驚きを隠せないでいると、部長は苦笑いをした。

「そんな動揺しなくても大丈夫だって。俺がサポートするから。橘不動産は、これからサービス業の分野にも力を入れたいという理由で、こだわりがいろいろあるみたいなんだ。今まではマンション建築がメインだったもんな」

「そうなんですか……。だからって、どうして副社長がグループ会社の取引に……」

株主でもあるから口を挟むんだろうけど、橘副社長くらいの立場のある人が、打ち合わせにまで顔を出すなんて嫌みすら感じる。グローバル企業のナンバーツーの権力者なんだし、きっと感じの悪い人なんじゃないかな……。仕事柄、立場の高い人と接することが多いけれど、だいたいみんな欲張りで人をどこか見下している。

不安と緊張を感じながら、資料に目を落とす。部長からは「特別なクライアントだと思わずに、リラックスしていこう」と言われてしまった。

「ちょっと実和子《みわこ》ってば、もっと喜べばいいのに」

原田部長がデスクに戻ったのを見計らって、隣のデスクの同期、優奈《ゆうな》が口を尖らせて声をかけてきた。

優奈は、目鼻立ちのハッキリとした美人で、栗色の髪をいつもひとつに束ねている。スラッとしたスタイルで、私と同じく事務とインテリアコーディネートの仕事を兼任していた。

「喜ぶって、なにを?」

不満顔をされたことが理解できず、私はしかめっ面を彼女に向けた。

「だから、橘副社長と仕事ができるってこと。あとでネットを検索してみなよ。ビックリするほどイケメンだから」

なんだ、そんなことかと呆れてしまう。

たしかに、橘副社長はイケメンで有名だ。三十歳になったばかりの若い御曹司で、独身ということもあり、ときどきメディアでも取り上げられている。

私も雑誌のインタビュー記事で写真を見たことがあるけど、甘いルックスだったことを記憶していた。

「興味ないし。きっと、性格の悪いお金持ちのお坊っちゃまよ。先月、仕事をした某企業の社長のご子息もそうだったじゃない」

素っ気なく言うと、優奈は声を潜めて私に椅子を近づけた。

「そういう偏見はどうかと思う。実和子ってさ、色白で目は大きいし、女の子らしい雰囲気じゃない?」

「え?　そうかな……」

そんな風に言われたのは初めてで、どこか照れくさい。だけどそんな私にお構いなしに、優奈は続けた。

「うん、絶対そうだよ。ゆるく巻いた栗色の髪とか、男ウケよさそうだし。少しは、副社長とお近づきになれるかも……とか考えたら?」

「結局それ?　そんなことには興味ないの。それより、仕事の準備をしなきゃだから、話はおしまいね」

お近づきになんてなれる相手じゃないし、なりたいわけでもない。

優奈は、仕事に真面目で一生懸命なタイプだけど、ときどきミーハーな部分が出てくるから困る。

フイッと彼女から顔をそらすと、仕事を再開した。

優奈はつまらなさそうな表情をしていたけれど、これ以上会話をしても仕方ない。

橘グループとの仕事は、いつにも増して緊張する。部長は『特別なクライアントだと思わずに』と言っていたけれど、やっぱりこの仕事が成功するかどうかは大きい。

高評価をもらえれば、この先もグループ会社からの仕事が、他社より優先的に声かけしてもらえることになっている。

副社長とお近づきになれるかもなんて、仕事以外のことに気を回している場合じゃない。


それから一週間後の月曜日、橘不動産との打ち合わせの日。

私はタブレットをアタッシュケースに入れて、原田部長と社用車に乗り込んだ。

「打ち合わせ場所は、橘ホテルのレストランですか……。今まで意識していませんでしたけど、橘グループの企業って、たくさんあるんですね。打ち合わせなら本社でも十分なのに、副社長がいらっしゃるからですかね？」

車を走らせた部長は、私の言葉が嫌みに聞こえたのか、困ったように笑った。

「それだけ、やり手の方なんだよ。一緒に仕事ができるのは、俺たちにもいい勉強になるかもしれない」

「まあ……そうかもしれませんね」

あくまで今はクライアントなのだし、橘副社長個人がどんな人なのか余計な考えは挟まないでおこう。

車は十分ほど走り、丸《まる》の内《うち》にあるホテルの駐車場へ入っていく。車を停めると、私たちはさっそく最上階のレストランへ向かった。

「広瀬はここへは来たことあるか?」

エレベーターの中で、部長は私にそう聞いた。

「いえ。一度もありません」

エレベーターの天井には小さなシャンデリアがついている。エントランスも、シックな雰囲気で高級感に溢れていたし、さすが国内屈指の一流ホテルといった趣《おもむき》だ。

私がこれまで担当してきた仕事の中では、ずば抜けて大きなクライアントなのだと実感して、だんだんと緊張が高まってきた。

「俺もだよ。だけど、これでハワイのチャペルに、一歩近づいたかもしれないな」

「そうですか?」

部長の冗談めかした言い方に、私は少し肩の力が抜けていった。


三十二階にあるレストランは、都会の街並みが一望できる場所として人気があると部長が教えてくれた。特に夜景が綺麗らしい。

モノトーンの店内は、入った瞬間から百八十度に広がる窓が目に飛び込んできて、部長の言葉をすぐに理解できた。

「こちらでございます」

約束より十五分ほど早いけれど、クライアントを待たせるわけにはいかない。それは常に、私たちが実践していることだった。

案内された部屋は、ＶＩＰルームだった。十人程度が座れそうな大きなガラステーブルとソファセットが置かれ、壁一面の窓からは景色も見渡せる。

私たちはテーブルの下座に座り、橘副社長たちの到着を待つ。その間、原田部長と打ち合わせ内容の最終確認をしていると、店員さんが扉をノックする音が聞こえた。

さすがの部長も少し緊張気味に立ち上がる。それにつられるように、私も立ち上がってドアに向き直った。

最初に入ってきたのが橘副社長だと分かったのは、まるで俳優かモデルのような完璧すぎる容姿をしていたからだ。

私の記憶より、ずっと整った顔をしている。綺麗な二重の目に、スッと上がった眉。通った鼻筋と適度な厚みの唇で、色気のある甘いルックスだ。栗色の髪は毛先をラフに散らして垢抜けた雰囲気を出し、おそらくオーダーメイドであろう上質なダークグレーのスーツを品よく着こなしていた。

「初めまして。橘亮平です」

百八十センチはありそうな長身の副社長は、私たちに小さな笑顔を見せた。

「初めまして、稲田設計事務所《いなだせっけいじむしょ》の原田と申します」

「インテリアコーディネートを担当させていただく広瀬です」

名刺交換をこんなに緊張したのは、新人のとき以来だ。副社長と名刺を交わすと、ふわりと柑橘《かんきつ》系のコロンの香りがして、大人の色気も感じた。

橘不動産の鈴木《すずき》社長にも挨拶を済ませた私たちは、さっそく打ち合わせに入る。

細かな店舗設計は、原田部長の担当だ。私は、ダイニングバーのコンセプトに合うインテリアを提案するのが役割なのだけど……。

「店舗設計は、鈴木社長が責任者になるので、原田さんは社長と打ち合わせをしてもらえますか?」

橘副社長の指示に、原田部長は「分かりました」と返事をする。

鈴木社長は五十代くらいの恰幅《かっぷく》のいい男性で、人柄のよさそうな人だった。ふたりはテーブルで広げたノートパソコンを覗き込んでいる。

「じゃあ、俺は広瀬さんとだな。あっちで話そう」と、橘副社長が指差したのは、部屋の奥にあるソファだった。

「は、はい……」

今回担当するダイニングバーは建物はすでにあり、設計と内装を決めれば完成までにはそれほど時間はかからない。ただ、アパレルショップやカフェが立ち並ぶ川沿いの店だから、アウトエリアとのバランスも含めて考えなければいけなかった。

原田部長は仕事が早いから、私が足手まといになるわけにはいかない。だからあらかじめ、だいたいの希望を鈴木社長を通してヒアリングしていて、今日までにインテリアの候補を絞ってきた。

まさか、その打ち合わせを、橘副社長とふたりでやることになるなんて、予想外で緊張する。

ソファに移動した私たちは、資料が見やすいように、ふたり掛けのソファに隣同士で座ることになった。肩が触れそうなくらい近くて緊張してしまう……。

タブレットをテーブルに置き、事前にプリントアウトした資料も広げる。「それではまず、お店のテーブルや椅子の候補なんですが……」と言いながら副社長に顔を向けると、至近距離に彼の顔があり、ドキッとする。近くで見ると、よりその整った顔立ちが分かり、思わず目を逸らした。

もっと感じの悪い人を想像していたのに、物腰は柔らかいし、言葉遣いも丁寧で、自分の立場を鼻にかけている様子もない。

ドキッとしてしまった自分に戸惑いながら、打ち合わせを進めた。

「へえ。このインテリアの候補は、広瀬さんが決めたの？」

資料を見ながら、副社長は感心したように呟いた。

「はい。最終的に原田部長には相談しましたが、お客様のご希望を最大限に叶える、それが私の役割ですから。橘副社長は、どう思われますか？」

「うん、イメージをよく理解してくれていると思う。特に、この雰囲気なんかは、イメージに近い感じがするな……」

副社長の腕が、ときどき自分のものと当たるし、近くにいるせいかコロンの香りもふわりと漂ってきて、彼の匂いに包まれている感じがしてくる。

――なんて、今は余計なことを考えている場合じゃない。そもそも私は、仕事では私情は挟まないタイプだ。それなのに、ちょっとカッコいい人が相手だからって、注意力が散漫になるなんて。

自分で自分を戒《いまし》めていると、副社長のクックと笑う声がして我に返った。

「広瀬さん、どうかした？　頭を振ってたけど、俺の選択がいまいち？」

「えっ？　す、すみません。そんなんじゃないんですが……」

いけない。今は、私が絞ってきた候補のインテリアを、副社長に選んでもらっているところなのに。

テーブルで打ち合わせをしている原田部長にも会話が聞こえていたようで、一瞬呆れた顔を向けられた。意識がよそにいっていたことが、お見通しらしい。

「ちょっと疲れた？　少し休憩にしようか。原田部長はどうですか？」

副社長が声をかけると、部長は「ありがとうございます。それでは少し、ブレークタイムにします」と答えて、すっかり恐縮しきっている。

すると副社長は立ち上がり、個室に備えつけられている電話で、なにか指示し始めた。そして話し終わると私の隣に戻ってきた。

「イギリスのティータイムを知ってる？」

不意に聞かれて、私は慌てて頷く。

「はい、知ってます」

「それを頼んだんだけど、広瀬さんの好みに合うかな？」

「すごく嬉しいです。ありがとうございます」

いろいろ気遣いをしてもらって、今なら優奈に言われた『偏見だよ』の言葉に反論はしない。

ただ、女性慣れをしているんだろうな……と、違う印象は受けたけれど——。

しばらくすると、お菓子と紅茶がやってきた。お菓子は三段重ねのティースタンドにのせられている。イギリスのティータイムといえば、定番のスタイルだ。

クッキーやスコーンというシンプルなものなのに、上品な味がして美味しい。

「どう？　口に合う？」

副社長は私の隣で、笑みを浮かべてこちらを見ている。余裕のある表情で、足を組んでいる姿が絵になっていた。

「はい……。とても美味しいです」

またドキドキする……。紅茶を飲む姿も品があるし、さすが大企業グループの御曹司だ。育ちのよさを実感する。

しばらくの間、お茶の時間を過ごした私たちは、また打ち合わせを再開した。

副社長は、インテリアにはかなりこだわりがあるらしく、私が決めてきた候補もNGを出すものがあった。さすがに、この数時間では話はまとまらず、後日また打ち合わせをすることになった。

「じゃあ、広瀬さんには俺からまた連絡するから」

ホテルのエントランスで挨拶を済ませたあと、副社長は私にそう言った。

「は、はい。本日伺ったご希望のインテリアは、次の打ち合わせまでに探しておきますので」

「ありがとう。じゃあ、また」

「お疲れ様でした。ありがとうございました」

橘副社長と鈴木社長は、迎えの車に乗るとホテルをあとにした。

「広瀬、すごいじゃないか。橘副社長に気に入られたみたいだな」

ようやく打ち合わせが終わりホッとしたのもつかの間、原田部長が興奮気味に声をかけてきた。

「そうですか？　思ったより、真面目で優しい方でしたけど、私なんて相手にしないですよ」

ドキッとした気持ちは隠すことにして、部長に反論した。でも部長は、ゆっくりと首を横に振った。

「いや、そうじゃないよ。橘副社長は、男女問わず仕事にはシビアだと評判なんだ。最初こそ愛想はいいが、相手にできないと判断されたら、切られるのは速攻だというから」

「本当ですか……？　でも、まだ分からないですよ。今日は初日ですし」

どうしても、気に入られたという言葉は素直に受け取れなかった。

「次があるのが、なにより証拠だ。それに、今回のダイニングバーは、グループ企業の経営とはいえ、橘トラストホールディングスが全面出資しているだろ？　気合いの入り方も半端ない」

「そういえば、そうでしたよね」

だとしたら、副社長は私のどこが気に入ったのだろう。ダメ出しだって、結構されていたのに……。

そんな私の考えが分かったのかどうか、部長は苦笑しながら言った。

「広瀬のひたむきさは伝わったんだろう。それから、少し天然なところも」

「天然？　私、天然じゃありませんよ」

慌てて否定すると、部長はニヤッとした。

「大企業グループの御曹司を前に、頭を振るヤツがいるか？　あれ、橘副社長にはかなりウケてたみたいだけどな」

社用車に乗り込む部長につられるように、私も助手席に乗る。

あのときのことを思い出し、恥ずかしさでいっぱいだった。

「橘副社長くらいのステータスの高い人が、そんなことで私を気に入るとは思えませ少なくとも、広瀬と話しているのは楽しそうだったな」

「それは分かんないだろ？　ああいうＶＩＰな人ほど、俺たちとは感覚が違うから。

んけど……」

本当かな……。まるで、信用できない。

だけど翌日、橘副社長から私宛ての電話がかかってきて、それ以上の反論はできなくなった。

《広瀬さん、保留になっていた家具があったろ？　雰囲気に合いそうなものを取り扱っている店を見つけたんだ》

副社長から告げられた内容に私は驚いてしまい、一瞬唖然《あぜん》とした。

「橘副社長が見つけてくださったんですか……？」

《ああ、どうしても気になってたから。それで、直接見に行きたいんだけど、広瀬さんの仕事の都合はどうかな？》

「えっ？　あ、私はいつでも大丈夫です。調整はできますから」

直接見に行くって、まさか私と橘副社長が……？

思いもよらぬ展開に戸惑いつつも、副社長の真剣な口調に、余計な質問はできない雰囲気を感じる。

《じゃあ、急で申し訳ないんだけど、今日の十四時からはどう？》

「大丈夫です。橘トラストホールディングスにお伺いすればいいですか？」

《いや、俺がそっちへ迎えに行くよ》と言われ、副社長からの電話は切れた。

呆然としながら受話器を置くと、優奈が隣の席から興奮気味に声をかけてきた。

「ちょっと実和子ってば、橘副社長からの電話だなんてすごいじゃない」

オフィスには、五十人ほど従業員がいるけれど、日中は外出で半分も人がいない。優奈の声は思いがけず響いて、先輩や後輩事務員たちも、控えめに私に視線を向けていた。

「すごいわけじゃないよ。副社長は、ダイニングバーのオープンに、かなり力を入れているみたいだから。仕事に熱心なだけ」

周りに変な誤解を与えても嫌だから、私もみんなに聞こえる程度には話す。

「私がインテリアの担当だからね。橘副社長も同じなのよ。だから、連絡があっただけ」

ダメ押しのように言うと、優奈は不満そうな顔を見せたけど、私は橘副社長とどうこうなりたいわけじゃない。今は仕事を成功させることに集中しなければ。

そのあとは、原田部長に外出の許可をもらい、タブレットや資料の準備をする。

わざわざ、会社まで迎えに来てもらうなんて申し訳ないけど、それだけ副社長も真剣だということ。

足りないものがないように持参物の確認をし、十四時までにできるだけ仕事を片付ける。

そして、約束の時間に会社の外で待っていると、ひと際目立つ高級車が停まった。外国メーカーのもので、フロントにはロゴがキラキラ光っている。

白のセダン型の車から、橘副社長が降りてきた。

「広瀬さん、急な依頼で悪かったね」

「いえ、とんでもないです。わざわざ家具を探していただいて、こちらがお礼を言わないといけないくらいですから……」

副社長に促されて、助手席に乗り込む。茶色の革張りシートは柔らかく、体がスッポリと収まるほどだ。

「いや、出すぎた真似かなとは思ったんだけど、どうしても気になって。広瀬さんが見つけたものがあるなら、それも見るから」

副社長は運転席に乗り、シートベルトを締めると私を見た。

やっぱり、副社長と視線を合わせるのは緊張する。最初のイメージよりずっと親しみやすいからか、不覚にも男性として意識してしまいそうになる。

「それが、まだ見つけきれてないので、むしろありがたいくらいなんです……」

おずおずそう言うと、副社長は口角を上げて小さな笑みを作った。

「本当？」

優しく問いかけられて、ドキッとしながら小さく頷く。

「はい……」

「それなら安心した」

副社長はそう言って、車を走らせた。

どこまで行くのか分からないけれど、なにか会話をしなくては……。

「あの、迎えに来ていただいて、ありがとうございました。お仕事がお忙しいのに」

「ああ、それは気にしなくていいよ。実はずっと外出してたから、その途中で広瀬さんを迎えに来たんだ」

「そうだったんですか。ずっと外出だなんて大変ですね」

そんな中で、たった一日でインテリアを見つけてくる副社長はすごい。

「慣れてるから。そういえば、稲田設計事務所って、内《うち》野《の》法律《ほうりつ》事務所《じむしょ》の隣なんだな」

「そうなんですよ。有名な弁護士事務所で、だいたいの人が知ってるんですよね。会社の場所を伝えるのに、いつも内野法律事務所の名前を出してます」

「ハハハ。なるほどね」

副社長は楽しそうに笑いながら、車を走らせ続ける。

内野法律事務所には、業界ではかなり有名なやり手弁護士が集まっているらしい。

その中にイケメン跡取り弁護士がいて、最近、事務の女の子と結婚したとか。

その話を耳にした優奈が、シンデレラストーリーだと感動していたのを覚えている。

それが、私が橘副社長となにかあればいいのにと、優奈がしつこく言ってくる理由だった。

そんな夢物語みたいなことが、私の身に起きるとは思えない。

副社長の横顔をチラッと見ながら、そう思った。

こうやって出会えただけでも、十分だと思う——。

副社長にアプローチされました!?

車は三十分以上走り、都心から外れた工場地帯に着いた。周りは、有名な菓子メーカーや家具メーカーの工場などがあり、その奥にある問屋街の一角で橘副社長の車は停まった。大きな白い建物で、木の香りが漂ってくる。

「ここだよ。直接、できあがってる家具を見せてくれるから」

副社長はそう説明をして、車を降りる。私も急いであとに続いた。

重そうな鉄扉を開けた副社長は、作業服を着たガタイのいいおじさまに挨拶をしている。どうやらここの会社、西口《にしぐち》家具《かぐ》の西口社長のようだ。

西口社長は私たちを歓迎してくれた。

「橘副社長から電話をもらったって、事務の女の子たちが興奮してたよ」

ガハハと豪快に笑った西口社長に、副社長も愛想のいい笑みを見せる。

「突然ですみません。ではさっそく、家具を見せていただいていいですか？」

「ああ、いいよ。ゆっくり見ていきな」

ここは、完成した家具類を保管する倉庫らしく、今は私たち三人しかいない。近くに製作所があり、そこに従業員の人たちはいるという。

家庭向けの家具だけではなく、バーの雰囲気に合いそうなカウンターテーブルやカウンターチェアなども見受けられた。

「種類が豊富なんですね」

思わず呟くと、西口社長はまたもや豪快に笑った。

「そうなんだよ。そこがうちのウリでね」

センスもいいし、インテリアに携わる者として、今まで知らなかったのが情けない。

西口社長の説明によると、中小企業の自分たちは、流通面などではどうしても大手の家具メーカーには負けてしまう。だからこそ質へのこだわりは強く、腕のいい職人たちが地道に商品を作っていると教えてくれた。

しばらく副社長と倉庫の中を見て歩いていると、店の雰囲気に合いそうな白いカウンターチェアを見つけた。背もたれが付いていて、体が包み込まれそうな丸みを帯びたデザインが素敵だ。

「これなんかよさそうだな」

副社長は念入りに確認をし、意見を求めるように私を見つめる。

「はい。ぴったりです。これなら、他のインテリアとのバランスもいいですし」

「よし、じゃあ、これに決めよう」

満足げな副社長に、私も自然と笑みがこぼれる。

本当に、ダイニングバーのオープンに、気合いを入れているんだな……。

発注の手続きを済ませようと、西口社長に今のカウンターチェアを希望すると、申し訳なさそうに表情を曇らせた。

「すまんな。この商品は、すぐに出荷できるのが五脚しかないんだ。希望個数が三十二脚ということは……」

「無理……ということなんでしょうか？」

せっかく副社長も納得するカウンターチェアが見つかったのに。まさか、数がネックになるなんて。

側で聞いている副社長も、困ったように宙を見上げた。

これだけインテリアに強いこだわりを持っているのだから、簡単に違うものに……というわけにもいかないだろう。

すると、西口社長も悔しそうな顔をした。

「作業自体は希望の納品日までには可能なんだ。ただ、部品が揃わないんだよ。いつも発注している会社が今繁忙期で、納品に時間がかかるんだ」

「部品ですか？　ネジのような細かなものですか？」

「ああ。そうなんだよ。だから、作りたくても時間がかかる……」

部品か……。仕事柄、少しなら知識もあるし、ネットワークもある。もしかしたら、どうにかできるかもしれない。

「あの、西口社長。今回だけ、ご贔屓《ひいき》の会社以外で発注をお願いすることは可能でしょうか？」

そう聞くと、社長は一瞬驚いたように目を大きくさせ、そして頷いた。

「……まあ、事情が事情だし、例外ということでなら。まさか、広瀬さんにツテがあるのか？」

「心当たりの会社に連絡を取ってみます。もう少し、お時間をいただいてもよろしいでしょうか？」

「大丈夫だ」

社長が強く応えてくれて、私はお辞儀をするとその場を離れた。スマホを片手に、鞄《かばん》から手帳を取り出す。そこに書いてあるアドレスに、部品の製造会社の電話番号があった。

「広瀬さん、本当に大丈夫なのか？　俺も手伝うよ」

心配をして声をかけてきた橘副社長に、私は小さく微笑んだ。

「ありがとうございます。でも、私が頼んだ方が、案外融通が利くときもあるんです。結構、おじさまたちと良好な人間関係を築いているので」

そう言うと、副社長は「分かった。頼むよ」と納得してくれた。

この仕事は、なにがなんでも成功させたい。妥協なんてしたくない。

それは、橘副社長に対して特別な思いがあるからじゃない。彼がダイニングバーのオープンに、全力を注いでいるのが分かるから。

「橘副社長、絶対にバーのオープンを成功させましょうね」

力強くそう言って副社長を見上げると、彼は優しく微笑んでいた。


約一時間後、ようやく部品を納品してくれる会社が見つかった。西口家具の作業も間に合うということで、こちらの希望通りの個数でカウンターチェアを用意してもらえそうだ。

安堵のため息をついたところで、橘副社長のスマホが鳴った。

「ごめん、ちょっと仕事の電話だ」

副社長は私たちから離れて電話に出る。すると、その姿を見ていた西口社長が、ため息交じりに言った。

「あんた、すごいな。さすが、橘副社長と仕事ができるだけある。あの人は、有名な大企業の副社長なのに、こんな小さな会社にも自ら出向いてくれる。あんな立派な人と行動を共にできる人間はそういない」

「あの……。橘副社長とは、以前からのお知り合いなんですか？」

ふたりの話し方から、初対面ではないんだろうなと感じていた。それに、ずっとなにやら真剣に仕事の話をしていたのも、部品の会社に電話をかけながら気になっていた。

「そうなんだよ。といっても、俺が融資の相談に行ったことがきっかけなんだけど」と、社長は少し照れくさそうに話してくれた。

五年前、会社を立ち上げた当初は、地場銀行ですら融資をしてくれず、行き詰まっていたという。そのとき、たまたま相談に行ったのが、橘トラストホールディングスだった。ここでも最初こそ取り合ってもらえなかったものの、縁あって橘副社長と話ができ、融資をしてもらえることになったとか。

「橘副社長が、うちの成長を信じてくれたからここまで会社を大きくできたんだ。あの頃は、まだ副社長じゃなかったけど」と、西口社長は苦笑いをしていた。

「あの人のおかげだよ。立場が上になっても、こうやって目をかけてくれる。いろんな噂があるみたいだけど、俺はあの人を信じるね」

しばらくして副社長が戻ってくると、西口社長に挨拶をして、私たちは車に乗った。

「広瀬さん、今日はありがとう。急なことでも対応してくれて、本当に感謝している」

私の会社へ向かいながら、橘副社長はそう言った。

清々しい表情の彼を見て、来てよかったと思うし、頑張った甲斐《かい》があった。

「いいえ。私もいい勉強になりました。本当にありがとうございました」

橘副社長の今日の姿から、少なくとも私が抱いていた最初の印象は間違っていたように思える。大企業グループの御曹司というから、どれくらい世界の違う人かとも思っていたけれど、肩書きを知らなければ、ごく普通の男性の印象だ。

もちろん、ルックスのレベルはかなり高いけど……。

「広瀬さん、インテリアコーディネートをよろしく頼むよ。店の雰囲気の大部分は、きみが作ると言っても過言じゃないし」

「は、はい。もちろんです。全力で、頑張ります！」

さっきの西口社長の話に触発されたのか、期待を込められた言葉に奮起したのか、自分でもよく分からない。だけど、かなり力強く返事をしてしまい、副社長にクスクス笑われた。

「半分は冗談だよ。広瀬さんひとりに、責任を負わせるつもりはない。だけど、本当におもしろいな」

「私が……ですか?」

笑われたことと、おもしろいと言われたことに、気恥ずかしさを感じる。

「ああ。ひたむきに仕事を頑張るというか、俺の周りには、いそうでいないタイプだ」

「そうなんですか……?」

むしろ、副社長の周りの方が、仕事をがむしゃらに頑張る人が多そうだ。

「そうだよ。なんていうかな、広瀬さんは純粋に仕事を楽しんでいる感じがして、見ていて気持ちいい」

「あ、ありがとうございます……。ちょっと買いかぶりすぎですけど」

照れ笑いを浮かべながら言うと、赤信号で車が停まり、副社長が私に視線を向けた。

「広瀬さんの、ちょっと天然な雰囲気が楽しいな。一緒に仕事ができて、よかったと思ってるから」

それは、私には最高の褒め言葉で、胸が熱くなるほどに嬉しい。クライアントから、一緒に仕事をできたことを喜んでもらえるなんて、本当に充実感でいっぱいになる。

「私の方こそ、ありがとうございました。橘副社長とご一緒できて光栄です。最後まで、頑張りますから」

ふと、西口社長の『いろんな噂があるみたいだけど』の言葉が、頭の中をリフレインする。

どんな噂があるというのだろう。実際に接してみると、副社長は、こんなに接しやすい人なのに……。

私の返事に、副社長は穏やかに微笑んだ。

一カ月半後、ダイニングバーのオープンを一週間後に控え、問題が発生した。

「どういうことですか⁉　オープンまで一週間なんですよ?」

ダイニングバーは、川沿いに面した二階建ての建物で、一階にカウンター席やテーブル席、二階にはＶＩＰルームが五部屋設けられることになっている。

それなのに、ＶＩＰルームに置くソファとテーブルが、発注元のミスで納品されず、私は電話で声を荒らげていた。

今日は、橘副社長と鈴木社長と一緒に、店内の最終確認を行っていた。一階のフロアで店舗レイアウトの確認をしているときに、発注元から電話がかかってきたのだ。

「広瀬、どうだって？」

原田部長は険しい顔で、電話を終えた私に声をかけてきた。

「ダメでした。早くても、十日はかかると……。これじゃあ、オープンに間に合いません」

橘副社長や鈴木社長が、バーの成功に懸けているのは分かっていた。この一カ月半の間、橘副社長はこまめに私に連絡をくれては、進捗状況の確認を続けていた。それだけじゃない。問題があれば、いつでも協力すると言ってくれていた。

忙しいはずの副社長の気遣いが嬉しくて、私もいつも以上にこの仕事には気合いが入っていたのに……。

「私、ここの会社に行ってきます！」

十日なんて待っていられない。直談判して、なんとかしなくては……。じゃなきゃ、副社長たちの今までの時間は、なんだったの？

原田部長はかなり驚いたのか、珍しく動揺している。

「だけど広瀬、直談判というのは……。下手したら、橘副社長や鈴木社長の顔に泥を塗ることになるぞ」

「でも、私だってできる限りのことはしたいんです。それに宣伝だってしているのに、今さら延期は……」

　絶対にできない。それに、こんないい加減なメーカーだと知らなかったとはいえ、そこを選んだ私に責任がある。

「私の見る目のなさが原因ですから、私が行ってきます」と、バッグを手に取り身を翻したとき、

「待って、広瀬さん。俺も行こう」

　それまで黙って見守ってた橘副社長が、私を呼び止めた。

　ビックリして振り返ると、副社長は鈴木社長と原田部長になにか話したあと、私の側に来た。

「言ったろ？　きみひとりに責任は負わせないと」

「で、でも……」

　副社長は真剣な顔でそう言うと、私の手を取り、足早に店を出た。そして、駐車場に停めていた彼の高級車に乗り込むと、すぐに走り出した。

　この車に乗るのは西口社長に会いに行ったとき以来で、どこか緊張する。

「まったく、広瀬さんは無茶をするな」

　クックと副社長が笑ったからか、少し落ち着いてきた。我ながら、さっきは熱すぎ

たと思う。

「だって……許せなかったんです」

「まあ、普通はそうだよな。事務ミスで済まされる話じゃない」

「いえ、それだけじゃなくて、自分自身にも……」

無意識にため息が漏れる。すると、副社長は一瞬、視線を私に向けた。

「どういう意味？」

「自分の見る目のなさです。実は、西口社長からあの日、橘副社長の話を伺ったんですよ……」

私は社長から聞いた話を伝えた。すると副社長は、今度は照れくさそうな笑みを浮かべている。

「ハハハ。そんなこと言っていたのか。俺は単に、あの会社の成長性を感じたまでで、特別なことはなにもしていない」

そう話す副社長に、私も自然と笑みが浮かぶ。運転中でなければ、もっと目を合わせて話したいくらい。

「だから、自分の見る目のなさを痛感して……。私、橘副社長のことだって初めは誤解していました。もっと権力を鼻にかけた嫌みな方だと思っていて……」

おずおず言うと、副社長は今度は苦笑いをした。

「今回の件で、広瀬さんが責任を感じることはない。それに、俺の印象は、あながち間違ってないかな。これから見せる姿で、広瀬さんには嫌われるかもしれない」

「え……?」

その意味が理解できないまま、私たちは十五分後、発注していたメーカーに着いた。

十三階建のビルの最上階にある受付で用件を伝えると、五十代前半くらいの男性が出てきた。どうやら彼が責任者らしく、私たちを見て眉間に皺《しわ》を寄せている。応接室に通されたものの、迷惑がっているのは明らかで、私たちより先にソファに座った。

それも足を組み、感じの悪い態度だ。

「さっき事務の子から聞いたけど、うちのミスなのは認める。だけどね、納期を早めるのは無理だよ」

「そこを、なんとかできませんか?　一週間以内でいいんです」

男性のけだるそうな言い方に、私はカチンとしてソファから身を乗り出す。

だけど、その人はやれやれといった感じで私を睨んだ。

「無理だね。だいたい、アポもなしに押しかけてきて迷惑なんだよ。価格は安くする。それで満足だろ?」

「そ、そんな……」

まるでクレーマーだとでも思っているのか、その人はそれだけ言い捨てると、席を立とうとした。

すると、それまで隣で黙っていた橘副社長が男性に声をかけた。

「待ってください。お宅の会社、たしかうちから融資をしてますよね？　それもかなり大口の」

「は？」

男性は意味が理解できないようで、立ち上がりかけた腰を下ろして副社長を怪訝《けげん》な顔で見ている。

「申し遅れました。私は、こういう者です」

副社長は胸ポケットから名刺入れを出し、名刺を差し出した。

それを受け取った男性は、みるみる青ざめていく。明らかに、それまでの態度とは一変、縋《すが》るような目で副社長を見た。

「た、橘副社長ですか……？」

「そうです。いや、とても残念でした。もう少し、建設的なお話ができるかと思ったんですが」

これみよがしのため息をついた副社長は、私に視線を移した。

「帰ろうか。納期には間に合わないみたいだし、今回は商品を諦めよう」

「えっ!? あ、はい」

スッと立ち上がった副社長に合わせて、私も立ち上がる。すると、男性も慌てて立ち上がった。

「申し訳ありません！　橘副社長、早急に納品できるように手配いたします」

怒りを通り越して呆れるくらいに態度を変えた男性に、副社長はきつい眼差しを向けた。

「できるなら、どうしてさっき彼女が頼んだときに断った？」

その口調は今までに聞いたことがないくらいに鋭く、威圧感があった。隣で見守りながら、背中に冷や汗をかきそうだ。

それは、男性も同じようで、必死に頭を下げている。

「まさか、橘副社長のご関係者の方とは存じ上げませんで……」

「へえ。俺の関係者でなければ、融通は利かさないと？」

「いや！　そういうわけでは……」

もはや、混乱状態のその人は、言葉が出てこないでいる。

そんな男性に追い打ちをかけるように、副社長は続けた。

「商品はもういいよ。揉めた会社のものを、店には置きたくないんでね。今後の取引も、見直させてもらう」

「た、橘副社長⁉」

声をあげた男性を置いていくかのように、副社長は私を促して部屋を出た。追いかけてきた男性を完全に無視し、エレベーターに乗り込む。

そしてふたりきりになると、副社長は私に苦笑いをしながら言った。

「広瀬さん、軽蔑したろ？」

車の中で『嫌われるかもしれない』と言っていたのは、このことなのかとようやく分かる。原田部長がいつか言っていた、副社長のシビアな面を見てしまったみたいだ。

だけどなぜだろう。まるで嫌悪感を覚えないのは——。

「ビックリはしましたけど、軽蔑なんてしませんよ」

たぶん、副社長が根っから冷たい人ではないと、分かっているからかもしれない。小さなメーカーを、今でも気にかけて訪問する一面を知っているから……。

それに、今回は全面的に相手が悪い。完全に自分たちのミスなのに、あんなに開き直られたら、誰でも腹が立つ。

「それなら安心した。それと、ごめん。勝手に商品をキャンセルして」

エレベーターが開き、ビルを出て駐車場へ向かう。

申し訳なさそうにする副社長に、私はゆっくり首を横に振った。

「気にしないでください。私も、同じことを言うつもりでした」

クスッと笑うと、副社長もぎこちない笑みを見せる。

「そう言ってもらえると、本当にありがたいよ」

「それに、もうひとつの候補もすごく悩んだじゃないですか。やっぱり、あっちの方がよかったってことですよ」

実は、VIPルームに置くソファとテーブルは、候補のメーカーがふたつあり、最後まで迷っていたのだ。さっそくオフィスに戻ったら、商品の手配をしなくては。

息巻く私に、副社長はクックと笑った。

「広瀬さんは、本当に前向きでバイタリティがあるな。俺もそう思ってた。そちらの発注はよろしく頼むよ」

車に乗り込むと、副社長は私に優しい笑顔を向ける。

「来週のダイニングバーのプレオープンパーティは、広瀬さんも来てくれるだろう?」

「いいんですか？　ぜひ、伺います！」

嬉しい。パーティに呼んでもらえるなんて……。ゲストの人たちが、インテリアにどんな感想を持つのか、それを聞けるのも楽しみだ。

それからダイニングバーに戻った私たちは、鈴木社長と原田部長に経緯を報告した。部長は橘副社長の対応にかなり驚いていたけど、鈴木社長はさすがグループ会社の方だけあり、涼しい顔で聞いていた。

きっと私が垣間見た副社長のシビアな面は、普段の仕事ではそう珍しくないのかもしれない。


それからは怒涛のような日々だった。もうひとつの候補だったメーカーに無理を言って、一週間以内に納品してもらえるようにお願いし、家具が到着したのがプレオープンの前日。明日のパーティに間に合わせるために、私は夜遅くまで現場に残って作業をしていた。そんな私を、橘副社長は『心配だったから』と様子を見に来てくれて、最終的なチェックまで立ち会ってくれた。

そして、いよいよプレオープンの日――。

完成したダイニングバーには、橘グループの関係者の方やその家族が駆けつけている。今夜はパーティということもあり、私はスーツではなく、新調した薄いピンクのドレスを着た。

設計を手がけた原田部長もパーティに呼ばれ、橘不動産の鈴木社長と談笑している。

そして私はというと、ひとりで店内を見回しながら歩いていた。

「なんだか感動しちゃうな。こうして、みんなが楽しんでくれているなんて……」

きっと、明日からのグランドオープンも、お客さんで賑わうことは間違いない。それにチラホラ漏れ聞く限り、インテリアの評判もよさそうだ。

満足しながら店内を歩いていると、不意に橘副社長に呼び止められた。

「広瀬さん」

「あ、橘副社長。このたびは、おめでとうございます」

振り向くと、いつも通りスーツを品よく着こなした副社長が立っている。

会えてホッとしたのは、絶対にもう一度、お礼が言いたかったから。

「ありがとう。店の評判はかなりいいみたいで、原田部長と広瀬さんには心から感謝をするよ」

「いえ。橘副社長や、鈴木社長のお力添えがあったからですよ。本当に、素敵な仕事に携われて嬉しかったです」

今日で、副社長と会うのも最後かと思うと寂しく感じる。最初こそ、いい印象を持っていなかったけれど、今は違う。だからか、余計に寂しく思えていた。

「なあ、広瀬さん。よかったら、二階に上がらないか？　VIPルームへ案内するよ」

「いいんですか？　ぜひ、お願いします」

最後まで苦労したVIPルームだっただけに、グランドオープンの前にもう一度見てみたかった。

思いがけないお誘いに嬉しくなり、頬が緩む。

エレベーターで二階に上がると、副社長は奥の個室に案内してくれた。

中に入ると、キャンドル型のシャンデリアが温かい光を放つ空間が広がった。ゆったりとしたレザーソファとガラステーブルが置かれ、まさに都会の隠れ家といったゴージャスな雰囲気だった。

「やっぱり、このインテリアで正解ですよね」

部屋の中を見回していると、副社長のクスクス笑う声がした。

「広瀬さんは、本当に仕事熱心だな。だけど、今だけは、仕事のことは忘れないか？」

「えっ？」

意味が理解できないで立ち尽くしていると、副社長がゆっくり歩いてきた。

「広瀬さん……じゃなくて実和子ちゃん。今夜はきみに、どうしても伝えたいことがあったんだ」

名前で呼ばれ、それもかしこまった雰囲気に、ドキドキと胸が高鳴ってくる。

「な、なんでしょうか？」

視線を合わせるのも恥ずかしいくらいだけど、優しい副社長の眼差しに、目を逸らせないでいた。

「俺と、付き合ってくれませんか？」

「えっ⁉」

それは、まるで予想もしていなかった言葉だった。

まさか、副社長からの告白……？

「俺は、実和子ちゃんと仕事をしていて、こんなにひたむきでバイタリティある女性がいるんだと思った」

ゆっくりそう話す副社長に、私は気恥ずかしくなってくる。そんなつもりはなく、普段通り仕事をしただけなのに。

「それはきっと、橘副社長が真剣だったからです。だから、私も頑張ろうと……」

「それは俺も同じだよ。実和子ちゃんがあんなに熱心だったから、引っ張られた」

そんな風に思ってもらえたなら嬉しい。

小さく首を横に振った私の頬に、副社長はそっと触れた。

ドキッとさらに胸は高鳴り、体が熱くなっていくのが分かる。

「そんなひたむきな実和子ちゃんを見ていたら、自分の側にいてほしいと思うようになったんだ」

「私が、副社長の側に……？」

「ああ。実和子ちゃんが側にいると、元気が湧いてくるし、守りたいとも思うんだ。一生懸命に仕事を頑張る実和子ちゃんを、俺が支えられたらいいなと……」

副社長のその言葉は、すっかり恋から遠ざかっていた私の心に、ゆっくりと染み込んでいく。

仕事は得意だけど、恋愛に関してはハッキリ言って初心者だ。副社長のような、ハイスペックな男性とお付き合いをして、うまくいくのか不安はある。

「本当に、私でいいんですか？」

おずおず聞くと、副社長は真剣な顔で言った。

「実和子ちゃんがいいんだ」

ここまで言ってもらえても、どこか夢心地な気がする。だけど、私も副社長の尊敬できる部分を知っているから……。

「夢みたいですけど、よろしくお願いします……」

最後の方は恥ずかしくて、消え入るような声になってしまった。副社長の顔だって、まともに見ることができない。

すると、返事をした瞬間、ふわっと抱きしめられた。

「ふ、副社長⁉」

恥ずかしいやら、驚くやらで動揺してしまう。だけど、副社長はギュッと強く抱きしめて離さなかった。

「亮平でいい。オーケーをもらえるか、自信がなかったから嬉しくて」

「亮平さん……。そんな……。私の方が夢のようなのに」

私が告白を受け入れたことを、そんなに喜んでくれるの？

だって、大企業グループの御曹司で、こんなにも素敵な人なのに……。

「俺の方が夢みたいだよ。実和子ちゃんのような女性を、彼女にできるなんて」

そして私の体を離した亮平さんは、そっと唇を重ねてきた──。

恋人はイケメン御曹司です

突然のことに、なにが起こったのかすぐには分からなかった。だけど、亮平さんのキスが、どんどん深く熱くなっていって、私は自然と声を漏らしていた。

「ん……。亮平さん……」

信じられない……。私がここで、〝橘副社長〟とキスをしているなんて。

しばらくして唇を離した亮平さんは、すっかり力が抜けた私を見て目を細めている。そして私の濡れた唇をなぞりながら、優しく言った。

「実和子ちゃん……じゃなくて、実和子。これから、よろしく」

「はい。よろしくお願いします……」

ドキドキする……。

高鳴る胸を抑えて、亮平さんを見上げると、彼にクスクスと笑われた。

「俺の毎日、本当に楽しくなるな」

「それは、私もです……。きっと、しばらくは夢みたいな気分でボーッとしてそうですけど」

亮平さんと仕事を始めたときは、こんな未来が待っているとは思わなかった。

まさか、恋をしてしまうなんて……。恋をしてもらえるなんて……。

亮平さんは私を抱き寄せて、優しい眼差しを向けてくれた。

「もう一回、キスしていい？」

「はい……」

亮平さんって、こんなに甘いタイプの人だったんだ……。意外だけど、嬉しい。

何度かキスを交わして、やっと告白されたのが夢ではなかったと思える。

「そうだ、実和子。明日は仕事は休み？」

「はい。休みですけど……」

ボーッとする頭で、彼を見上げる。

キスをこんなに気持ちいいと思うことは初めてかも。

「じゃあ、明日俺のうちに来ないか？　実和子を招待したい」

「えっ？　亮平さんの家ですか⁉」

あまりの急展開に、すっかり冷静になってしまった。

そんな私に、亮平さんはクスクス笑う。

「そんなに驚かなくてもいいだろ？　お互い仕事があると、ゆっくり会えないだろうし」

「そうですよね……。ぜひ、お邪魔させてください」

亮平さんの言うことももっともで、多忙な彼と時間を合わせるのは大変そうだ。付き合うといっても、なかなか会えなかったりするのかな……。

なんて、まだ始まったばかりなのに、そんな心配をしていても仕方ないか……。

——次の朝、亮平さんは約束の十一時に私のマンションまで迎えに来てくれた。

昨夜のパーティでの告白は、自宅に帰ると夢だったんじゃないかと思えて仕方なかった。

あれから、亮平さんと一階に戻り、お互い別々に行動した。仕事関係の方への挨拶などがあったからで、もちろん帰りも別。連絡先の交換はしたものの、自宅に戻った頃には夜中になっていて、メールも控えていたからだ。

だけど亮平さんが迎えに来てくれて、私たちは本当に付き合うことになったのだと実感する。

「おはよう、実和子」

「おはようございます、亮平さん。ここまでの道、迷いませんでした?」

「いや、大丈夫。実和子の教え方が、上手だったから」

運転席から降りてきた亮平さんは、ネイビーのシャツに同系色のパンツを穿いて、垢抜けた雰囲気だった。スーツ姿以外を見たのは初めてで、思わず見惚れてしまう。

すると、私の視線に気づいた亮平さんが、苦笑いをした。

「そんなにまじまじ見られると、恥ずかしいんだけど」

「あっ、ごめんなさい！　つい……」

亮平さんに気づかれてしまって恥ずかしい……。

一緒に仕事をしていたときも素敵だと思っていたけれど、いざ付き合うことになると、亮平さんをさらに意識してしまう。身につけている腕時計や靴や、言動すべてに、胸が高鳴っていた。

「じゃあ、乗って」

「は、はい」

助手席に乗り込む間際、ふと気づいた。

「あれ？　亮平さんって、車を変えましたか？」

同じ白色だったから一瞬気づかなかったけれど、仕事のときに乗っていたものとは車種が違っていた。こちらも、有名な海外メーカーの高級車だ。

「いや、変えてないけど……。ああ、実和子を仕事で乗せた車は社用車だから」

「社用車⁉」

社用車があんな高級車なの⁉

唖然とする私を気に留めることなく、亮平さんは涼しい顔で車を走らせる。

たしかに、考えてみれば亮平さんは大企業グループの御曹司で、お父さんが経済界のドンと言われる人だ。意外と親しみやすい人柄だったから、忘れそうになるけど、とんでもない人だったんだ……。

きっとこれから先の方が、驚くことが多いはず。

私、やっぱりすごい人と付き合うことになったんだ――。

「どうかした？　さっきから、俺を見てるだろ？」

前を向いて運転しているはずの亮平さんにそう言われ、ハッと我に返る。

なんで分かったんだろう。さすが、鋭い……。

「すみません。つい……」

肩をすくめて前を向き直ると、今度は亮平さんにクックと笑われた。

「謝ることないだろ？　俺は嬉しいけど。ただ、なにを考えて見てたのかは気になるな」

「カッコいいなって、思いながらです……」と照れくさく感じながら答えると、亮平さんはさらにハハハと笑った。

「嘘だろ？　なんとなく雰囲気で分かるよ」

「えっ!?」

私が橘グループの副社長を、ごまかそうとするのが間違いなのかもしれない。

頭がキレると有名な亮平さんには、私の心なんてお見通しなんだ……。

「まあ、いいや。余計なことなら、考えないでほしいし、不安なことがあるなら言ってほしい」

「は、はい……」

不安なら、山ほどある。本当に、亮平さんとうまくいくのかとか、この先どんな付き合いになっていくのかとか……。

恋愛初心者の私には、それを口に出す勇気もないけど……。

私が住んでいる場所は、都心から電車で約三十分の住宅街にあり、低層マンションが連なっている。ひとり暮らし用の部屋がほとんどで、近くには小さなスーパーや個人病院があるだけ。飲食店といえば、居酒屋やラーメン屋といった店ばかりで、決して進んで住みたいほど環境がいいわけじゃない。だけど、オフィスまで乗り換えなしで行けて、家賃も安いという理由から、私はここに住んでいる。

「もう少しで、俺のうちだから」

「はい」

車で一時間ちょっと、亮平さんの車は都心の高級住宅街に着いた。ここはセレブ御用達のアパレルショップや飲食店が立ち並んでいて、さっきからすれ違う車も高級車ばかりだ。

「亮平さんのご自宅って、この辺りなんですか?」

「そう、あそこ」と亮平さんは言って、車はタワーマンションの地下駐車場に入っていった。そこは、富裕層が住むマンションとして有名で、いったい、どんな人が住むのだろうと思っていたけれど、亮平さんのような人だったんだ……。

「あの、ご実家は?　別の場所にあるんですか?」

亮平さんは車を停めると、エンジンを切った。周りも高級車ばかりで、ため息が出てくる。

「実家は、ここから車で二十分くらいのところにあるんだ。大丈夫、いきなり親父に会わせたりしないから」

亮平さんはニッとすると、車を降りていく。私も慌ててシートベルトを外すと、あとに続いた。

「すみません。そういうつもりじゃなかったんですが……」

「いいよ、気にしなくて。それより、少しはくだけた言い方をしてほしいな。まだまだ、他人行儀な気がして」

「はい……。気をつけます」

亮平さんは私の手を取り、指を絡めると、エントランスへ入っていった。

そこは、ダークブラウンで統一された落ち着いた雰囲気で、待合用なのかソファセットも三組ある。カウンターではコンシェルジュが笑顔で迎えてくれた。

「まるで、ホテルのロビーみたいですね」

辺りを見回していると、コンシェルジュから郵便物を受け取った亮平さんがフッと笑った。

「エントランスより、部屋の方が感動してもらえると思うよ。さあ、上がろう」

エレベーターに乗り、亮平さんは五十三階のボタンを押した。そこは最上階で、やっぱりか……と思ってしまう。

タワーマンションの最上階に住む人たちは、本当にセレブな印象がある。テレビでも、著名人の自宅として紹介されていることが多い。

それにしても、エレベーターの中もシックな雰囲気だ。センスのある内装に感心しながら、使われている照明ひとつも気になって見てしまう。

エレベーターはあっという間に着いて、扉が開くと目の前の廊下の先に玄関ドアが見えた。このフロアには、亮平さんの部屋しかないらしい。

大理石の床を歩きながら、廊下の両サイドに飾られている有田焼の花瓶に目がいく。そこには小花が嫌みなく生けられていて、落ち着いた中にも華やかさを出していた。花瓶は小さなライトで浮かび上がるように照らされている。

「さすがだな。さっきからずっと、インテリアばかり見てる」

亮平さんはカードキーでドアを開けながら、私にそう声をかけた。

「あ、行儀悪かったですよね……。だけど、つい気になって……」

苦笑いを向けると、亮平さんは私を部屋の中へ入るように促しながら、ハハハと笑った。

「そういうところが、俺は好きだから。インテリアコーディネーターだもんな」

「亮平さん……」

彼の言葉が嬉しくて、頬が緩むのが分かる。好きだと言ってくれたことも、私自身を理解してくれていることも。

一緒に仕事をしていたときも、亮平さんは私の意見を真剣に聞いてくれていたっけ。トラブルのときも、助けてくれた。

その記憶が蘇ってきて、そんなに前の話じゃないのに、懐かしくなってくる。

「実和子、こっち。リビングの窓から街が見下ろせるから」

「え？」

亮平さんに案内されて廊下を歩くと、広いリビングに着いた。黒い革張りのソファにガラステーブル、二百インチはありそうなホームシアターと背の高いスピーカーが四台置かれている。亮平さんによると、ＬＤＫだけで四十畳はあるとか。

カウンターテーブルになっている対面キッチンは、ほとんど使われていないのか綺麗に片付けられている。ダイニングにはワインセラーもあり、亮平さんの好みを垣間見た気分だ。

「ほら、部屋のインテリアチェックはあとにして」

冗談っぽく言った亮平さんは、私の腕を軽く引っ張り、窓の側へ連れていってくれる。バルコニーへも出られる窓からは、彼の言葉通り都会の景色が一望できた。

「わあ、本当ですね。すごく見晴らしがいい！　夜景も綺麗でしょうね！」

こんな高い場所から街を見下ろしたことなんてなく、少し興奮気味に言った私に、亮平さんはクスクス笑った。

「そこまで喜んでくれるとは思わなかった」

そして私をギュッと抱きしめると、優しく髪を撫でてくれる。

そんな亮平さんにドキドキしながら、顔を彼の胸に埋めた。

「実和子の言う通り、夜景も綺麗だよ。今夜、泊まる?」

「えっ⁉」

それは、つまり……。

「嫌なら無理強いはしないけど……」

「いえ、えっと……」

亮平さんにきつく抱きしめられて、胸が高鳴っているのは嘘じゃない。彼を好きだとも思うし、キスをされたことも嫌じゃなかった。

だけど、心の準備がまだ……なんて、経験がないわけでもないのに、子供っぽいことを思ってしまう。

きっと、亮平さんは経験豊富だろうから、幻滅されたくない。でも、亮平さんとならそうなってもいいと、心から思えるし……。

頭の中が葛藤《かっとう》でいっぱいで、返事ができないでいると、亮平さんのスマホが鳴り始めた。亮平さんは不満そうな顔をしながら、私を離すとリビングテーブルに置いてあったスマホを手に取った。

「邪魔されたな。誰だろ」

亮平さんはため息交じりにディスプレイを確認すると、さらにため息を深くした。

「悪い、会社からだ」

「気にせず、出てください」

笑顔を向けると、亮平さんは申し訳なさそうな顔をして、キッチンへ行って電話に出た。

休みの日でも、会社から電話がかかってくるなんて、亮平さんも大変だな……。

私は、もう一度窓の外の景色に目を移して、気にしないふりをする。でも、ふたりきりの静かな部屋だけに、亮平さんの声が聞こえて意識はそちらへ集中した。

「なに？　それじゃ、話が違うだろ？」

どうやらトラブルが起きたらしく、口調がきつい。大丈夫かなと思いながら、まだ声は聞こえる。

「いや、だからそれは絶対に折れるなよ？　ああ、そうやって言ってくれたら……。

分かった。オレも会社に行くから」

そう言って、亮平さんは電話を切った。

会社に行くって、今から……？　そうなら、帰らなくちゃいけない。

亮平さんともうお別れかと思うと、途端に寂しさが込み上げてきた。

「ごめん、実和子。嫌な気分にさせたよな」

「いいえ。それより、お仕事なんですよね？　私のことは気にしないでください」

そう言葉にしたものの、自分でも不思議なくらいに寂しく感じる。

亮平さんは勘が鋭い人だから、私の心の内なんてすぐに見抜いてしまうだろう。

だから、彼に気を使わせたくなくて、笑顔を作ってみた。

「いや、大丈夫。会社に行くのは、週明けの話だよ。それより、実和子は本当に分かりやすいな」

亮平さんが優しい眼差しでフッと笑い、私を抱きしめた。

「亮平さん？　なんのことですか？」

突然抱きしめられて、ドキドキする。亮平さんの甘いコロンの香りも、私の頭をクラクラさせた。

「強がるところ。顔は笑ってるけど、目は寂しいって言ってる」

「あ……。やっぱり、分かっちゃいましたか。ごまかせたと思ったのに」

さすが、亮平さんだ。私も素直に気持ちを認めざるを得ない。

「実和子、安心して。今日はずっと一緒にいるから」

「はい……。でも、本当に仕事が入ったときは、気にしないでください。ちゃんと、分かってるつもりなので」

きっと亮平さんは、私が想像する以上に激務なのだろうし、今みたいな電話も、しょっちゅうかかってくるはずだ。私だって休日でも仕事の電話が入ることもあるし、そのあたりは理解できる自分でいたい。

「ありがとう。だったらなおさら、一緒にいられるときは、できるだけ長くいたいな」

「そうですね……。私もそう思います。だから……」

さっきは『泊まる？』と聞かれて戸惑ったけれど、いざお別れしないといけないかもとなって、つくづく分かった。

私も、亮平さんと離れたくないほどに一緒にいたいと……。

「だから？　どうかしたか……？」

「今夜、泊まらせてください……」

そう返事をすると、亮平さんは私を抱きしめる力を強くした。私も、彼の背中に手を回し、彼の締まった体を抱きしめる。

温かくて、服の上からでも体の逞しさが分かる。こんな温もり、初めて経験するかもしれない。

今までも好きになった人や付き合った人はいたのに、亮平さんと一緒にいると、まるで初めて恋をした気持ちになるから不思議だ。

「明日も、明後日も、実和子を離したくないって、そんな欲が出そうだ」

冗談めかして言った亮平さんは、私をしばらく抱きしめてくれた——。

「亮平さん、時間はたっぷりありますし、なにしますか？　もし、特になければ買い物に行きません？」

「買い物？」

亮平さんは一瞬考えて、「ああ」と納得した。

そう答えてくれた亮平さんに、私はじれったさを感じた。

「服でも見ようか？」

「そうじゃなくて、スーパーです。晩ご飯を作りますから、食材の買い出しに行きません？」

キッチンの雰囲気から、亮平さんが普段料理をしないだろうと分かる。

だいたい、これだけ忙しいのだから、きちんとしたご飯を食べているのかも怪しい。

そう思って提案したけれど、亮平さんは返事をせずに固まった。

もしかして、ご飯を作ると言ったことに引いてる!? さすがに付き合ったばかりで、キッチンを借りようとしたのは図々しかったか……。

「あ、ごめんなさい。そういうのが、好きじゃなければいいんです。気にしないでください」

愛想笑いでごまかしながら、心はチクッと痛む。

傷ついて、どうするんだろう……。恋人にご飯を作るのとか、ちょっと憧れだったんだけどな。さすがに二十七歳にもなって、子供っぽい考えだったか……。

「ほら、亮平さん。服を見に行きましょう。私、この辺りはあまり来たことがないので……」

彼の腕に手をかけて促すと、その手を引っ張られた。そして次の瞬間、私は亮平さんの腕の中にいた。

「なにを作ってくれる? 俺、好き嫌いないから」

「え? で、でも、嫌じゃないんですか?」

耳元で聞こえる亮平さんの声があまりに優しくて、さっき電話で感情をあらわにしていた彼と結びつかない。

「嫌だなんて、ひと言も言ってないだろ？」

亮平さんは痛いくらいに私を抱きしめて、不満げに言った。

「だって、なんの反応もないから……。本当にいいんですか？」

「それは俺のセリフ。ご飯を作ってくれるとか、かなり感動した」

感動したなんて……そこまで特別なことじゃない気がするけど、原田部長が以前言っていた言葉を思い出す。

きっと、亮平さんほどのステータスの高い人は、私たちのような一般人と感覚が違うんじゃないかと。

本当にそうなのかも。

ご飯を作るだけで、こんなに喜んでくれるなんて……。

甘い甘い時間です

「じゃあ、亮平さん。近くのスーパーに案内してください」

バッグを肩にかけると、玄関に向かう。

「オーケー。近くだから、歩いていこう。それと、出かける前に……。実和子、こっち向いて」

「え？」

不意に呼ばれて振り向くと、亮平さんの唇が重なった。あまりに突然で、目を閉じることすら忘れてしまう。

軽くキスをした亮平さんは、苦笑いで私を見た。

「実和子は、案外あっさりしてるよな。俺は、こうやってふたりきりだと、触れたくて仕方ないのに」

「亮平さん……。そんなことないですよ。私だって、浮かれてます。早く買い物に行きたいなって」

ドキドキしすぎて顔が熱い。亮平さんがこんなにも甘いセリフを言う人だとは思っていなくて、戸惑いつつも胸が高鳴る。

「買い物に？」

「はい。だって、スーパーにふたりで買い物に行くって、ちょっと新婚さんっぽいなって……」

言いながら、顔から火が出そうなくらいに恥ずかしくなってくる。

さすがに、今度こそ引かれたかもしれない。そう思ったけど、亮平さんは口角を上げて微笑んだ。

「それなら、手も繋ごう」

指を絡めた亮平さんは、玄関を出る間際、私の額にキスをした。


亮平さんが案内してくれたスーパーは、マンションを出てすぐの大通り沿いにあった。こだわりの高級食材ばかりを扱うお店で、初めて来た私は野菜売り場で固まった。

「なに作ってくれる？」

亮平さんは期待をしてくれているようで、楽しそうに私を見ている。

本音はなんでも作りたい。亮平さんが望むものなら、どんな料理も作りたい。

だけど、なんでこんなに値段が高いの⁉

普段買う野菜の倍の値段がする。きっと、他の食材も高いのだろうし、これでは手持ちのお金がなくなってしまう。

どうしよう……。

「亮平さんは、なにが好きですか?」

動揺を隠しながら質問をする。すると「和食かな」と返事がきて、ますます焦った。

和食の定番といえば、魚や煮物、それに味噌汁だ。それなりに食材を揃えなければいけない。

こうなったら仕方ない。お給料日前ではあるけど、亮平さんのために奮発しよう。

「じゃあ、焼き魚や煮物にしますね」と言うと、亮平さんは微笑んでくれた。

買い物カゴは亮平さんが持ってくれて、私が食材を選ぶ。ひとつひとつ手に取り吟味していると、隣でクスッと笑われた。

「眉間に皺が寄るくらい、真剣に見てるのか」

「当たり前です。亮平さんに作るんですよ?」

絶対に美味しいご飯を作りたい。

気合い十分で食材を選んでいると、試食コーナーで声をかけられた。

「奥様、いかがですか?」

「えっ⁉」

ベージュのエプロンをつけた優しそうな女性が、小さなカップを差し出してきた。

どうやら、お酢の入った健康飲料の試飲ができるらしい。

「ご主人もどうぞ」

私たちを夫婦だと勘違いしているようで、亮平さんにも目を向けてカップを手渡そうとする。

すると、亮平さんは感じよく「じゃあいただこうかな」と手を伸ばした。

奥様と呼ばれて動揺した私と違い、亮平さんはいつも通りにクールに応じていて、ひとり照れくさくなってくる。

「あ、結構飲みやすいな。実和子はもらわないのか？」

「え？　あ、じゃあいただきます」

妙にドキドキしながら試飲をすると、本当に美味しい。たしか、テレビＣＭもしている話題の健康飲料だ。

「口当たりもいいし、そんなに量があるわけじゃないんですね」

パックも大きくないし、これなら期限内に飲みきれそう。

亮平さんと付き合うことになって、今まで以上に自分自身が気になり始めていた。

もっともっとかわいくなりたい、優しくなりたい。そう思ってしまう……。

よし、肌にもよさそうだし買ってみよう。

「ひとついただきます」

「ありがとうございます」

女性はニコニコとひとつ取り、手渡してくれた。

「どうぞ。それにしても、素敵なご主人ですね。羨ましいです」

「あ、ありがとうございます……」

恥ずかしさを覚えながら、その場を去り、レジへ向かう途中、亮平さんのクックと笑う声がした。

「実和子、それ、ずっと抱えてるけど、カゴに入れるか？」

「えっ⁉　あ、そうですね」

亮平さんに指摘されるまで、健康飲料のパックを持ったままでいることすら気づかなかった。

「ボーッとしてるじゃん。どうしたんだよ」

「だって、奥様とか呼ばれるし、亮平さんのことは素敵なご主人とか言われるし、ちょっと夢見てました」

パックをカゴに入れながら、私は亮平さんにぎこちない笑顔を向けた。

「夢って?」

「それは……。内緒です」

口に出すのが気恥ずかしくて、ごまかしながらレジへ向かう。亮平さんも、それ以上話を深掘りすることなくついてきた。

「俺も夢見たな。もし、本当に実和子が奥さんなら、どんな感じかなって。楽しそうだなとか。実和子の見た夢と同じ?」

背中越しに言われ、ドキドキする気持ちが増してくる。亮平さんの顔がまともに見られないくらい意識していた。

レジに並んで、前を向いたまま小さく頷く。

亮平さんに背中を向けているから、彼の表情は分からない。だけど、優しい声が聞こえてきて、ますます胸は高鳴った。

「俺はいつか、そうなりたいって思ってるよ」

亮平さんのマンションに戻ると、食材を冷蔵庫にしまいながら、私は申し訳なく言った。

「亮平さん、すみません。結局、支払ってもらって……」

スーパーでの会計は、亮平さんがカードで支払ってくれていた。

当たり前のようにゴールドカードを出す光景に、私は静かに驚いた。

やっぱり、亮平さんは私と世界が違う人なんだな……。

「そんなことはいいよ。それより、まだ時間はあるし、なにしたい？　出かける？

それとも、家でゆっくりするか……」

「だったら、家でゆっくりしたいです。亮平さんとも、落ち着いて話をしたいですし」

どこかへ出かけるのも魅力的だけど、なかなか会う時間も取れないだろう亮平さんとの時間を、大事に使いたかった。

「そうだな。実和子の言う通り。じゃあ、今日はゆっくりしよう」

「そうと決まれば、亮平さんは座っててください。さっき買った紅茶を淹れてきますから」

スーパーで、珍しいイギリスの紅茶が売っていた。さらに、美味しそうなストロベリークリームのケーキも買っている。

「ティータイムとか、なんだか思い出しちゃうな」

亮平さんと初めて打ち合わせをした日、ティータイムの時間を作ってくれたっけ。

今となれば、あれが亮平さんとの出会いになったわけだから、感慨深いものがある。

「なにを思い出した？」

「えっ？　亮平さん⁉」

てっきりソファで待ってくれていると思っていたのに、後ろから抱きしめられて、持っていた紅茶の缶をキッチンの台に置いた。

「待っててくださいって、言ったじゃないですか……」

ドキドキする……。

亮平さんに抱きしめられて、鼓動が一気に速くなった。

「ごめん。でも、やっぱり一緒に用意しよう。せっかくふたりきりなんだから……」

亮平さんは顔だけ振り向かせると、唇を重ねた。熱いキスに、私の声は自然と漏れてくる。

「ん……。亮平さん……」

指と指を絡められ、まるで抵抗できない体勢にさせられる。

キッチンの壁に体を預けた私は、亮平さんに両手を握られたまま、キスを続けた。

静かな部屋に舌の絡まる音や、唇の重なる音、そして私の乱れる息遣いだけが響いて、体は火照《ほて》っていった――。

夜になると、リビングの窓からの眺めは最高で、街のネオンが宝石のようにキラキラと輝いている。

「素敵ですね……」

夕飯を亮平さんと作りながら、窓に目がいく。キッチンからも夜景が見える構造に感心してしまった。

「そうなんだよ。実和子に見せたかったんだ。気に入ってくれた?」

「はい。とても……。それに、亮平さんの料理の手際のよさにも感動しました」

不慣れだろうと決めつけていたことを反省するくらいに、亮平さんは料理上手だった。包丁さばきはもちろん、焼き加減や煮加減もバッチリで、デキる人はなんでもできるんだとしみじみ思った。

「そんなことないさ。それより、実和子の料理をする姿がかわいい」

「ありがとうございます……」

恥ずかしいセリフもさらっと言っちゃう亮平さんに、私の心はドキドキしっぱなしだ。

できあがった料理をカウンターテーブルに運び、亮平さんと並んで座る。

カレイの煮つけと小芋の煮っころがし、それからアサリのお味噌汁を作った。

「いただきます」

亮平さんはそう言って、料理を口にする。

さすが、橘グループの御曹司。食べる姿にも品があり、育ちのよさを感じた。

つくづく、自分が亮平さんと付き合っていることが不思議で仕方ない。

「なあ、実和子の仕事も、結構時間が不規則だったりするんだろ？　遅くなったりする？」

亮平さんからそう聞かれ、私は頷いた。

「はい。時期にもよりますけど、来週からはイルビブの店舗改装を担当することになってまして……。多忙な日が続きそうです」

「イルビブの？」

一瞬、亮平さんは驚いたような顔をした。

イルビブとは、日本人デザイナーが経営する高級メンズブランドだ。ヨーロッパやアメリカにも出店し、ビジネススーツからハイセンスなカジュアル服までを展開している。その日本本店が改装をすることになり、インテリアコーディネートを担当することになっていた。

「そうなんですよ。なにせ、本店の改装なので、かなり要求も高くて……。来週は、イルビブの御曹司の久遠寺貴也《くおんじたかや》さんと打ち合わせすることになってるんです」

「貴也と……？　そうか……」

「あの、まさか亮平さんの知り合いですか？」

名前を呼び捨てにしたことに、すぐに違和感を覚える。

貴也さんも、亮平さんと同じくらい有名な御曹司だ。メディアへの露出も多く、派手なイケメンというイメージ。

御曹司同士だから、もしかして……とは思ったけれど――。

「ああ、貴也とは幼馴染だから」

苦笑いをする亮平さんに、私はしばらく絶句した。

本当に知り合いだった……。

箸を持つ手も止まった私に、亮平さんは困ったような顔をした。

「そんなに引くなよ。子供の頃からの知り合いで、今でもときどき連絡を取ってるんだ」

「そうですか……。す、すみません……」

だって、まさか貴也さんとそんなに親しい間柄だったなんて、驚かずにはいられない。

「さすが、亮平さんの交友関係ですね。まさか、イルビブの御曹司が幼馴染だなんて思いませんでした」

この調子だと、これから先も驚くことだらけなんだろうと思う。

「たまたまだよ。それより夕飯を食べ終わったら、バルコニーで少し飲まないか？　今夜は暖かいし、気持ちいいと思うんだ」

「はい、ぜひ。楽しみです」

せっかく亮平さんとふたりきりで過ごしているんだし、仕事のことは今は忘れていよう。余計なことを考えて、貴重なふたりの時間を上の空で過ごしたくない。


夕飯を食べ終え、お風呂を済ますと、約束通りバルコニーへ出た。

そこには、テーブルと椅子が置いてあり、亮平さんとワイングラスで乾杯した。

「気持ちいいですね。椅子に座っても夜景が眺められるなんて……贅沢……」

「だろ？　こうやってゆっくり眺めるのは久しぶりだな」

「そうなんですか？　てっきり、今までも誰かと……」と言って言葉に詰まる。

自分で言いながら頭に浮かんだのは、亮平さんの過去の女性。だって、わざわざ椅子が二脚あるのは、相手がいることが前提になっているからじゃないかと勘ぐってしまう。

亮平さんが二年前までニューヨークにいたことは、テレビを介して知っている。その頃だって恋人はいただろうけど、このマンションに出入りした彼女が最近までいたのかもしれない。そう思ったら、亮平さんの過去の恋人の存在が妙にリアルに感じられて、胸が苦しくなってきた。

「今までも誰かと見たかってこと？」

亮平さんは鋭く察して、私の言葉の続きを補足する。

知るのが怖いとは思いながらも、小さく頷いた。

「このマンションでは、それはない。二年前、ニューヨークにいた頃までは、何人か付き合った女性はいた」

「はい……」

表情が強張る私に、亮平さんは小さく微笑んだ。

「だけど、誰かを忘れられないとか、そういう未練のある過去はない。むしろ、初めてなんだ。こんな風にのめり込む恋をしたのは」

「えっ……？」

亮平さんの言葉に、私の心は一気にざわつく。

「今まで付き合った女性は、どこか俺に寄りかかっていた。最初はかわいいと思っても、気持ちは長続きしないんだよな」

「寄りかかる……？」

「そう。依存するような感じだ。だから、ふたりでいても、仕事のことを考えたり、早くデートを切り上げたいと思ったり……。最低だろ？」

苦笑する亮平さんに、私は首を横に振った。

その気持ちは理解できなくはない。きっと元カノたちは亮平さんに夢中で、いつも一緒にいたかったのだろう。だけど、それが亮平さんには、魅力的に映らなかったということだ。

「でも実和子は違う。一生懸命仕事に打ち込むし、ふたりきりでいても俺よりインテリアに夢中になったり、俺から強引にキスをしないと、甘い雰囲気も作ってくれない」

「ごめんなさい……」

それを言われると耳が痛い。たしかに、今日一日そんな感じだった。

すると、亮平さんはクックと笑った。

「責めてるんじゃないよ。そういう実和子が好きってこと。誰かを追いかけてる自分は、初めてだったから」

亮平さんを追いかけさせようとか、そんなつもりではなかったけれど、私自身を受け止めてくれているみたいで素直に嬉しい。

「ただ、少し不安があるんだよな」

「不安……ですか?」

私は亮平さんに、どんな不安を与えているんだろうか。

「お互い忙しいし、実和子のことだから、会わないまま気づけば一カ月経ってたってことになるんじゃないかなって」

「あっ……」

まさにそれは私も頭の片隅にあって、この週末が終われば、亮平さんにはなかなか会えないかもしれないとは思っていた。

「やっぱり、図星だったか……」

亮平さんは少しふくれっ面をしている。

それにしても、私の性格をよく見抜いていてすごい。

「じゃあこれ、忘れないうちに実和子に渡しておく」

亮平さんは、ポケットからカードのようなものを取り、私に差し出した。

「これは……?」

「ここの合鍵だよ。自由に来てくれていいから」

「あ、合鍵ですか!?」

まさか、合鍵をもらえるとは思っていなくて、カードキーを手に取るとまじまじと見つめた。シンプルなクリーム色で、使用感がまるでない綺麗なものだった。

「俺は、毎日でも実和子に会いたいくらいだ。きみが側にいてくれるだけで、元気が出るから。だけど、毎日来てほしいなんて言ったら、俺が嫌われそうだ」

苦笑いの彼に、私もクスッと笑う。

「本当にいいんですか? 亮平さんだって、忙しくて疲れているときもあるでしょう?」

「構わないよ、本当に。実和子の仕事の邪魔をしたくないから、俺からは誘わない。だから、好きなときに来て」

「はい。ありがとうございます」

カードキーを大事に手で包み込み、笑顔を亮平さんへ向ける。そんな私に、彼も笑みを返してくれた。

「そろそろ部屋へ入ろうか。冷えてくるし」

「そうですね……」

そろそろ寝る時間よね……。寝る場所は、当然一緒……というか、亮平さんはどうするつもりなんだろう。

ドキドキしながら部屋へ入る。

泊まると決めたからには、覚悟をしているけど……恋愛経験の少ない私は、ここからどうしていいかが分からない。もう何年も、彼氏はいなかったのだから……。

「どうかした?」

リビングに立ち尽くしている私の背後から、亮平さんが優しく抱きしめた。

今日、何度か抱きしめられたのに、今が一番緊張する。

「いえ……。なんでも……」

心なしか、亮平さんの抱きしめている手が、胸の辺りにある気がする。

緊張が高まり、体が熱くなってくる。鼓動が速くて心臓が痛いくらい……。

――と、そのとき、亮平さんが私の胸を優しく掴んだ。指を小さく動かしながら、まるで這わせるように触れていく。

「んっ……」

思わず漏れた声に、私は恥ずかしさでいっぱいになる。

「実和子、嫌なら言ってくれていい。俺はきみが好きすぎて、歯止めが利かない」

「い、いえ……。嫌なんかじゃないです……」

息が乱れる私を、亮平さんはサッと抱きかかえた。

「本当にいいんだな？　途中でやめないぞ？」

真剣な眼差しの亮平さんに、私は頷く。そしてベッドルームへ連れていかれ、そのままベッドへ下ろされた。同時に、亮平さんは深いキスをしてきた。

「ん……」

その間にも、服をさりげなく脱がせて、体中にキスの雨を降らせてくれる。

「実和子の体は綺麗だな」

亮平さんは自分も服を脱ぐと、今度は首筋にキスを落とした。

「亮平さんだって、体がすごく締まってます……」

彼の胸に触れると、温かさと逞ましさを感じる。体の底から突き上げるこの気持ちを、愛おしいと言うのかも……。

「亮平さん、もっとキスして……」

自分でも信じられないセリフを口にして、恥ずかしい気持ちと、このまま亮平さんとの甘い時間に浸りたい気持ちとが絡み合う。

「実和子……。ごめん、今夜は優しくできない」

そう言った亮平さんは、息もできないくらいのキスをしてくれた。

そして、いつしかベッドのスプリング音が大きくなり……私は夢中で甘い夜の時間に落ちていった。

恋も仕事も大事です

——乱れていた呼吸が落ち着き、汗も引いた頃、ベッドの中で亮平さんは、私の髪を優しく撫でていた。

「亮平さん……。私たちが付き合っていることって、内緒にしていた方がいいですか?」

まだ夢心地で尋ねると、亮平さんは眉をひそめた。

「なんで内緒? 実和子は、その方が都合がいい?」

「ち、違いますよ。むしろ、亮平さんがその方がいいのかなって……。立場上困ることはないですか?」と聞くと、ますます不愉快そうな顔をされて焦ってしまう。

「副社長だから? そんなのあるわけないだろ?」

「だって……」

「実和子は、変なことに気を回さなくていいんだ。もちろん、きみにとって不都合なら内緒にするけど」

機嫌を損ねてしまったのか、亮平さんは私を撫でてくれていた手を引っ込めた。

「亮平さん、ごめんなさい……」

弱々しく謝ると、不意に唇を塞がれる。

「亮平さん⁉」

突然のことでビックリすると、彼はニッと笑みを浮かべた。

「ごめん、ごめん。気にしてないよ。実和子に抵抗があるなら内緒にするし、そうでなければ聞かれたら話すって程度でいいんじゃないか？」

「そうですね。そうします」

怒っていたわけじゃなくてホッとした。

亮平さんの言う通り、聞かれたら正直に話そう。

橘グループの御曹司との交際なんて、周りから特別な目で見られそうだけど、私はあくまで、亮平さんの人柄に惹かれたのだから。

堂々としていよう――。


土曜日は亮平さんのマンションに泊まり、次の日もゆっくり過ごすつもりだったけれど、日曜日の朝、彼に急な仕事の呼び出しがあり、それはなくなってしまった。

自分の家に戻り、夜遅くなると聞いていたから連絡も控えていると、亮平さんと過ごした土曜日がまるで遠い日のように感じた。

そして週が明けて月曜日。

「おはよう、実和子。金曜日のプレオープンパーティはどうだった?」

オフィスへ着くと、優奈が興味津々の顔で聞いてきた。そんな彼女の姿にドキッとしつつ、笑顔で答える。

「うん、とっても素敵だった。インテリアの評判もよかったし」

「へえ。それはよかったじゃん。で? 橘副社長とは、連絡先とか交換できた?」

やっぱり、その質問がきたかと思いながら、言葉に詰まる。

亮平さんには、聞かれたら答えようと言われているし、内緒にする理由はない。だけど、いざとなると恥ずかしい。きっと優奈のことだから大騒ぎするはず。

「どうしたの、実和子。橘副社長となにかあったの?」

「実はね、橘副社長と付き合うことになって……」

しどろもどろになりながら打ち明ける。

これから先、亮平さんと一緒にいるところを見られないとも限らない。ここは素直に話しておいた方が、あとから気まずい思いをしなくていいと考えたからだ。

すると優奈は、口を開けて絶句した。驚きで声も出ないといった様子だ。

「優奈、大声だけは出さないでよ?」と釘をさすと、彼女は思い切り首を縦に振った。

「すごいじゃない、実和子！　私感動しちゃった！　ねえ、どっちから告白したの？」

優奈は努めて小さな声で話しているけど、興奮しているのは明らかで、頬がピンク色に染まっている。

「副社長から……」

「ええー!?　すごいよ！　きっと、実和子の仕事への姿勢とかが、副社長の心を掴んだんだろうね」

「そ、そうかな……」

優奈にそう言われると、なんだか照れくさい。彼女からも仕事ぶりを評価してもらっているみたいで嬉しかった。

「そうよ、絶対に。おめでとう！　副社長と仲よくね」

「うん……。ありがとう」

優奈は満面の笑みで、仕事を始めた。まるで自分のことのように嬉しそうにしてくれる彼女に、心は温かくなっていった。

「広瀬、おはよう。ちょっといいか？　イルビブの打ち合わせをしたいんだが」

原田部長に声をかけられ、浮かれかけていた気持ちは仕事モードに切り替わる。

亮平さんへの恋心は、仕事中は胸の奥へしまっておこう。

部長に促されるまま、小さな会議室に入る。会議用のノートパソコンを起動させた部長は、テレビモニターに画面を映し出した。

「今回も、世界的に有名な御曹司、久遠寺グループの久遠寺貴也さんと打ち合わせだ。大物続きだが、今の広瀬なら大丈夫だよな？」

「え？　あ、はい。もちろんです。橘副社長の件で、しっかり勉強しましたから」

今回も誠実に、一生懸命やるのみ――と息巻いていると、部長がじれったそうに言った。

「そうじゃない。うまくいったんだろ？　橘副社長と」

「な、なんで部長が知っているんですか⁉」

ついさっき、優奈に報告したばかりだけど、あのときは周りに人はいなかった。部長のデスクは離れているし、聞こえてはいないはず。

驚く私に、部長は得意げな顔をした。

「パーティの日に、橘副社長から聞かれたんだ。広瀬を、少しの間抜けさせてもいいかって。これは、なにかあるなとは思ったんだが……」

「そんなやり取りがあったんですね……。そうなんです、副社長に告白されまして」

こんなに早く、周りの人たちに報告することになるとは思わなかった。想像していた以上に照れくさい。

「そうか、よかったな。おめでとう！　これで、夢の橘ホテルのリゾートウエディングも、叶うんじゃないか？」

「ハワイのチャペルですか？」

「そうだよ。広瀬も憧れだったたんだろ？　羨ましいな。俺も、負けないように頑張るよ」

そうか、ハワイのチャペルも橘グループのものだったよね……。

だからって、私がそこでリゾートウエディング？　それも亮平さんと……？

それはさすがにあり得ない！　だいたい、付き合い始めたばかりで、そんな先のことなんて考えられないし。亮平さんだって、私と先の未来まで、一緒にいたいとは思ってないかもしれないし……。

原田部長とは、イルビブの他店舗のレイアウトや内装について打ち合わせをした。どんな雰囲気を好んでいるのか、色や小物使いなどの傾向を確認していく。

「イルビブは、落ち着いたエリート男性が通うお店って感じですね」

モニターを眺めながら言うと、部長は大きく頷いた。

「ああ、そうだな。店舗の配色は黒か濃い茶色がほとんどで、ＢＧＭも小さめのクラシックが流れている」

「でも、今度担当する店舗は、本店だけあって店舗が広いので、暗い色は配分を考えないと……」

百貨店のテナントだと広さも限りがあるから、モノトーンでも見栄えがいい。だけど今回は独立した店舗で、それも周りは高級ショップが連なるブランドストリートだ。明るい建物が多い中で浮いてしまってはいけない。

「そうだな。そこは、午後からの打ち合わせで、久遠寺さんと詰めよう。抱えてる仕事が多くて大変だけど、頑張ろうな」

部長の前向きな言葉に、私は笑顔で頷いた。

「はい！　もちろんです」

今頃、亮平さんも仕事に打ち込んでいるはず。だから、私も頑張らなくちゃ。

「部長、今日の打ち合わせは、貴也さんと広報部長のおふたりですよね？」

念のために聞いておくと、部長は「そうだが……」と答えたあとに続けた。

「広瀬、久遠寺さんの前では〝貴也さん〟という呼び方はやめろよ？　失礼だから」

「すみません。気をつけます……」

メディアへの露出が多い貴也さんは、〝久遠寺さん〟ではなく、〝貴也さん〟と世間では呼ばれている。どうやら、名字は堅苦しいからという理由で、本人が下の名前で呼んでほしいとテレビで言ったからだとか。だから、私もほとんど無意識にそう呼んでいた。だけど、さすがにビジネスの場では相応しくないか……。

「かなりフレンドリーな方らしいけどな。同じ御曹司でも、橘副社長とはだいぶイメージが違うかもしれない」

「なるほど……。たしかに橘副社長は会ってみたら全然嫌みじゃなくて、気遣いができる優しい方だったので、案外、貴也さんも世間のイメージとは違うかもしれませんね」

「おい、おい。半分はノロケか？」

「ち、違いますよ！」

部長にからかわれて、顔が赤くなるのが分かる。

意識していなくても、亮平さんを思い出す自分に少し呆れた。

貴也さんとの打ち合わせは本社で行われる。〝イルビブ〟というのはブランド名で、企業名は『久遠寺』だ。

本社があるのはオフィスビルの高層階で、名だたる大企業の名前が連なっていて、原田部長がため息をついた。

「俺たちの設計事務所は小さな会社なのに、つくづく取引先のすごさを実感するよな」

「そうですね。でも、それだけうちが質のいい仕事をしているってことですよ。業界では、結構有名なんですから」と力説すると、部長は笑顔を見せた。

「広瀬の言う通りだ。じゃあ、行こうか」

「はい」

ビルを眺めながら、この通りの先に橘トラストホールディングスがあるんだと思ってしまう。近くまで来ていても会えないもどかしさを感じながら、部長のあとに続いてビルに入った。

オフィスの受付があるのは三十階で、受付を済ませると応接室に案内された。

そこは、イルビブのブランドイメージそのままに、内装やソファセットもダークブラウンでまとめられていて、思わず部長に耳打ちをする。

「茶系統が多いですね」

「ああ。受付のカウンターもそうだったし、好みがハッキリしているな」

部長はうんうんと頷き、部屋の中を見渡す。

すると、ドアがノックされる音がして、貴也さんと広報部長が入ってきた。

ドアに向き直り、ふたりを迎える。

貴也さんは、テレビで見るよりずっと華やかな人だった。少しパーマがかった茶色い髪を、ラフにアレンジして散らしている。目鼻立ちがハッキリとしていて、スーツ姿なのにビジネスライクというよりはファッション雑誌から飛び出してきたようだった。

一緒にいる広報部長は、三十代後半くらいか。ハーフのような顔立ちで、この人もまるでタレントのような派手な雰囲気をしている。

「初めまして。稲田設計事務所の原田です」

「広瀬と申します」

挨拶して名刺交換をすると、貴也さんは手を大きく顔の前で振った。

「そういう堅苦しい挨拶はもう終わり。それより、早く打ち合わせをしよう」

「は、はい」

原田部長も戸惑っているのが分かるけど、貴也さんの言う通りソファに座ると、さっそく打ち合わせに入った。

「では、店舗レイアウトを決めながら、今回は同時に内装やカラーも一緒に考えていきます。インテリアについては広瀬からご提案していきますので」

原田部長の説明をひと通り聞き終わった貴也さんは、私に目を向けた。

「なあ、橘トラストホールディングスの副社長を知ってる？」

「えっ⁉」

なぜ亮平さんの名前が出てくるんだろうと、心の中で焦りながら、貴也さんの言葉の意図を探ってみる。

まさか、私たちのことを知っている……ようには見えない。単純に聞いているだけみたいだ。

「はい。存じております」

努めて冷静に返事をすると、貴也さんは続けた。

「実は、その副社長って、俺の幼馴染なんだよ。同級生」

貴也さんの言葉に、驚きの声をあげたのは原田部長だった。私は、亮平さんから事前に聞いていたため、特別驚きもしない。

「そうなんですか」と素っ気なく返すと、貴也さんにまじまじと見つめられた。

「広瀬さんって、結構ドライなんだな。この話をすると、女はみんな食いつくんだけど」

「ドライというか、今は仕事中ですから」

「紹介してあげようか？　会ってみたいだろ？」

「え？」

貴也さんのとんでもない発言に、私は唖然とした。

その手を今までどれくらい使ったんだろう。亮平さんに、他の女性なんて紹介しないでほしい。

「いえ……。結構です。それより、打ち合わせを」

私の言葉なんて無視するかのように、貴也さんはさらに続ける。

「橘グループの御曹司で、超イケメンだろ？　まあ、性格は冷たいから難アリだけど、顔見知りになって損はないよ」

「冷たい方なんですか？　それは知りませんでしたが、損得で人間関係を選ぶわけじゃありませんので」

貴也さんはデリカシーのない人のようだ。同じ御曹司でも、亮平さんとは全然違う。

「冷たいよ、本当に。興味のない人間には、とことん冷遇していくのが、あいつのやり方だから」

「そうですか……。でも、橘副社長がそういう方なら、紹介していただいても、冷たくあしらわれるだけじゃないですか？」

どういう意図があるのか探ってみたくて、腹立たしく思いながらも会話に乗ってみる。すると、貴也さんは大きく頷いた。

「そうなんだよな。あいつ、どんな女なら好きになるのか知りたくて。ああ見えて、彼女がいないんだ。信じられないだろ？」

「そうですね……」

まさか貴也さんは、私が亮平さんの恋人だとは想像もできないはず。

それにしても、亮平さんのタイプの女性を知りたいから紹介するなんて、悪趣味すぎる。きっと貴也さんは、周りからチヤホヤされて、好き勝手やってきた典型的なお坊っちゃんなんだろう。亮平さんのことも、女性のこともバカにしているんだろうか。

まあ……食いつく方もどうかと思うけど。

「あの……久遠寺副社長。そろそろ本題に入ってもよろしいでしょうか？」

業を煮やしたらしい原田部長が、笑みを浮かべたまま声のトーンを低くして言った。

広報部長も呆れた顔で咳払いをしている。

「分かった、分かった。始めよう」

貴也さんはけだるそうに腕を組むと、原田部長が持参したタブレットに目を落とす。

自分の店舗のことなのに、やる気があるんだろうか。疑いの目で貴也さんを見てしまった。

だけどそこは、海外展開もするアパレルメーカーの御曹司。設計図とCGで作った予想完成図を真剣に見ながら、意見を次から次へと出していった。

「では、本店のイメージカラーは白と茶色でよろしいですね?」

私がそう尋ねると、貴也さんは頷いた。

これまでの暗い配色からイメージを刷新し、本店は開放感ある雰囲気にしたいらしい。

「ああ、それで進めてもらえるか? なあ高田《たかだ》部長、この螺旋《らせん》階段いるかな?」

広報部の高田部長に、貴也さんは意見を聞いている。

仕事の話をしているときは、いたって真面目な印象なのに、最初の軽い雰囲気はなんだったのだろう。

候補のインテリアも決まり、あとは貴也さんの会社で会議に通すだけ。

スムーズに話が進み、仕事はしやすい。だけど、人としては魅力を感じない……。

「じゃあ、今日話した通りに進めてくれる? なにかあれば、高田部長に連絡して」

「はい、分かりました」

原田部長は返事をすると、タブレットを閉じた。

「久遠寺副社長、インテリアに関する問い合わせも、高田部長にさせていただいてよいですか？」

「ああ、いいよ。広瀬さん、ちょっとつまんなかったから」

「えっ？」

一瞬、唖然とする私に、高田部長が困ったような顔を向けた。

「申し訳ありません、失礼なことを申しまして。なにかありましたら、僕の方へご連絡ください」

「は、はい」

『つまんなかったから』って、どういう理由なの？

ムカッとする気持ちを抑えながら、笑顔を取り繕った。

打ち合わせは予定通りに終わり、原田部長と挨拶を済ませて戻りながら、思わず愚痴をこぼしていた。

「貴也さんって、あんな軽い感じの人だったんですね。私なんて最後、つまんなかったなんて言われて……」

「たしかに、最後の言葉は強烈だったな。たぶん、橘副社長への紹介を、広瀬が断ったからだろうけど」

「必要ないですから」とバッサリ斬《き》ると、部長は苦笑した。

「それは、そうだ」

思い返すと腹が立つけれど、私の仕事はこれだけではない。他にも抱えている案件はあるのだから、気持ちを切り替えなくては。

貴也さんの失礼な言動は頭の隅に追いやり、午後からの仕事に集中することにした。


その週はイルビブの案件の他に、店舗リフォームなどに追われ、あっという間に平日は過ぎた。土日も現場の施工に立ち会い、夜は手がけた店舗のオープニングパーティなどで忙しく、亮平さんに連絡をする時間さえなかった。

「ねえ、実和子。副社長と付き合いたてで、週末も仕事とか大丈夫なわけ？」と、週明けの月曜日の朝に優奈に指摘され、冷や汗が流れる思いがした。

「実は……。電話もメールもしてなくて」

「ホントに⁉　副社長からも連絡がないの？」

目を丸くする優奈に、小さく頷いた。

「忙しくて、気がついたら一週間経ってた感じ。きっと、亮平さんも同じなんだと思う」

先週は仕事を持ち帰ったりしていたし、亮平さんのマンションの合鍵も、バッグの奥に眠ったまま、一度も使う機会がなかった。

「まあ、相手は大企業グループの御曹司だもん、忙しいのは理解できるけど……。でも、そんな調子じゃマズイでしょ？　週末は休みを取ったら？」

「うん……。そうしようかな。土日の振替をしないといけないもんね」

金曜日に休みを取って、亮平さんのマンションへ行ってみようかな。いつ来てもいいと言ってくれていたし……。

一週間会わなかっただけなのに、長い間顔を見ていない気がする。

会いたいな……。

政略結婚ですか!?

――二十二時。今日も仕事で遅くなり、駅からマンションまでの道を急ぐ。

会社でコンビニ弁当を食べてきたからお腹は満たされているけど、なにかが物足りない。きっと今朝、優奈に亮平さんとのことを指摘されたからだ。

帰ったら、メールをしてみようかな……。それとも電話にしようかな。声が聞きたいし……。

そんなことを思いながら、マンションの前へ着くと、見覚えのある車が停まっていた。周りの景色に場違いなこの高級車は……。

「実和子、お疲れ様」

運転席から降りてきたのは、スーツ姿の亮平さんだった。笑みを浮かべて、私を見ている。

「亮平さん!? どうしたんですか?」

驚きよりも嬉しさの方が大きくて、彼のもとへ駆け寄っていた。

「実和子が、ちっとも連絡くれないからさ。俺から来たよ」

冗談めかして言う亮平さんに、私は苦笑いした。「ごめんなさい。仕事が忙しくて……」と言うと、亮平さんは頭を優しくポンポンと叩いてくれた。

「いいよ。それは俺も同じだから。今夜こそは、少しでも会いたいなと思って来ただけだから、気にしなくていい」

仕事が大変なのはむしろ亮平さんの方なのに、わざわざ会いに来てくれたんだ……。

胸が熱くなって、亮平さんへの愛おしさを感じてくる。

「いつから、待ってたんですか……？」

「一時間くらい前かな？　そろそろ帰ってくる頃かなと思いながら、帰ってこなければ諦めるつもりだったんだ」

「一時間も……？」

そんなに前から……。

亮平さんがこんな風に来てくれるなら、もっと早くメールをすればよかった。

「亮平さん……。もっと一緒にいたいです」

自然と彼に抱きつき、胸に顔を埋める。誰に見られるかも分からない場所で、大胆だったと思いながらも、気持ちを抑えられなかった。

「俺も。今夜、うちへ来ないか。実和子を連れて帰りたい」

「はい……」

私を強く抱きしめた亮平さんは、髪に優しくキスをした。

「待ってるから、着替えを持ってこいよ。今夜は、帰さないから」

「亮平さん……」

はやる気持ちを抑えて着替えを取りに行く。

今夜だけじゃなく、明日も明後日もその次も、帰りたくない……そう思ってしまった。


一週間ぶりの亮平さんのマンションは、相変わらず夜景が綺麗だった。だけど、その景色を堪能する間もなく、彼は私をベッドへ倒した。

「会いたかった、実和子」

「私もです、亮平さん……」

私を優しく見下ろした亮平さんは、唇を重ねる。舌を絡めながら、吸い寄せるように何度もキスをした。

そのうち、彼の手が私の服の下へと伸びて——。

「あ……亮平さん……」

たまらず漏れた声に、亮平さんはどこか満足そうだ。胸に触れている指に力を入れられるたび、甘い声が漏れていく。

「実和子に触れたくて仕方なかった。仕事をしていても、ふと考えてるんだよな、きみのことを」

「私も一緒です。ごめんなさい、全然連絡しなくて……」

今度からは、もっとまめにメールをしよう。朝も昼も夜も、なにげない内容だけでいいはずだから。

「ハハ。それは、想定の範囲内だけどな。それより、今夜は実和子を感じさせて？」

「は、はい……」

亮平さんはシャツを脱ぐと、私の服も優しく脱がせる。

「実和子の体は、本当に綺麗だな」

体中にキスの雨を降らせた亮平さんは、私を優しくも激しく抱いてくれた。

体を重ねたあと、ベッドで抱き合いながら、亮平さんの温もりをしみじみ感じる。

「幸せ……」

ポツリと呟くと、亮平さんがクックと笑った。

「どうしたんだよ、急に」

笑われて照れくさいけど、素直に答えられるほどに、心が満たされている。

「こうやって、亮平さんといることがです……」

「じゃあ、今夜だけじゃなくて、明日も明後日も、ずっとここにいる?」

「はい。ずっといたいです」

無意識に出た自分の言葉で我に返る。

私はいったい、なにを言っているんだろう。

「あ、今のは……」

言い訳をしなきゃと焦った瞬間、唇を塞がれた。

「離さない、きみを」

亮平さんの真剣な表情に、私は胸が熱くなる。

素肌で抱きしめ合いながら、彼の温もりにしばらく酔いしれた。


「亮平さん、金曜日は休みを取ろうと思うんです。ご飯を作ったりしておくんで、ここにいてもいいですか?」

「さっき言ったろ? ずっといるって。それに、ご飯を作るとか、家事をしてほしくて呼んでるんじゃない」

亮平さんが私の髪を撫でながら言った。

「ごめんなさい。なにもしないのも、落ち着かなくて……」

「それに、金曜の夜は予定があるから」

「えっ？　そうなんですか？」

その予定が気になって仕方ない。誰かと会う約束をしているんだろうか。

亮平さんと、ゆっくり過ごしたかっただけに残念……。でも、忙しい彼となら、そんなすれ違いはざらにあるはず。慣れていかないといけないんだ。

「パーティがあるんだよ。実和子も誘おうと思ってたから、休みならちょうどよかった」

「パーティ!?」

「ああ。年に数回、親しい友人たちで集まるんだ。今回は、実和子を連れていきたくて」

パーティなんて経験がないし、第一、亮平さんのお友達が集まるパーティに参加していいの……？

「本当に大丈夫なんですか？　私なんて、完全に部外者ですけど」

不安を覚えつつ聞いてみると、亮平さんは頷いた。

「全然問題ないよ。会場は、海沿いのゲストハウスなんだ。きみに見せたくて」

「海の側なんですね。とても楽しみ……」

どんなに素敵な場所なんだろう。想像するだけでワクワクする。

そこに私を連れていきたいと思ってくれているなんて、本当に嬉しかった。

「ちなみに、スイートを予約してある。その日は泊まって帰ろう」

「は、はい……」

手際がいい……というか、しっかり計画されていたことにビックリする。

「じゃあ、おやすみ実和子」

「おやすみなさい、亮平さん」

目を閉じた亮平さんは、あっという間に眠りに落ちた。

疲れていたんだろうな……。それなのに、私に会いに来てくれたことが嬉しくてたまらない。

綺麗な彼の寝顔を見つめながら、そっと頬に触れてみる。

「亮平さん、大好きです……」

そっと亮平さんの唇に、私の唇を重ねたときだった。

「ごめん……萌(もえ)」

 知らない女性の名前が、彼の寝言から聞こえてきて、私の眠気は吹き飛んだ。

 萌……さん？　いったい、誰だろう。夢を見るほど、亮平さんにとって存在の大きい人？

さっきまでの幸せな気分から一転、気になって全然寝つくことができない。

亮平さんはひとりっ子だから、お姉さんや妹さんの名前でないのは明らかだ。

もしかして、昔の恋人……？　それとも未練のある好きだった人とか？

嫌な予感で心臓がバクバクしてきて、胸が苦しい。

萌さんって、誰なの？　亮平さんとどんな関係？　なぜ、夢を見ているの？

分からないことだらけで、不安が広がっていく。

私はどうして、一週間も亮平さんと音信不通にして平気だったんだろう。

なぜ、亮平さんの心に、私以外の女性なんていないと信じきっていたんだろう。

今日まで仕事も一緒にしたりして、彼のすべてを知っていた気になっていたのかもしれない。

本当は、なにも知らないのに。

この一週間、もしかしたら私以外の女性が、亮平さんの心にいたのかもしれないのに――。

「おはよう、実和子。早起きなんだな」

翌朝六時になり、亮平さんが起きてくる。私はキッチンで朝ご飯の準備をしていた。

「おはようございます、亮平さん。今朝は、簡単ですけど、ご飯を作りますね」

ニコリと微笑んでみたけれど、あれからほとんど眠れなかった。心の中は、萌さんという女性のことでいっぱいだったから。

「ありがとう。だけど、無理しなくていいから」

亮平さんは私を後ろから抱きしめて、頬にキスをした。昨夜の寝言はなんだったのだろうと思うくらいに、変わらず私に愛情を見せてくれる。

「はい……」

着替えに戻った亮平さんの後ろ姿を見ながら、軽い感じで聞けたらいいのにと思う。だけど、思い詰めたように『ごめん……萌』と呟いた声を思い返すと、軽々しく聞くことができない。

目玉焼きと野菜スープ、それにトーストを用意し終えたとき、スーツに着替えてきた亮平さんがテーブルに着いた。

「うまそう。食べていい？」

「もちろん。一緒に食べましょう」

朝ご飯を食べながら、亮平さんがふと尋ねた。

「そういえば、貴也との仕事はどうだった？　あいつ、ちょっと癖があってやりにくかったろ？」

「えっと……。社交的な方ですよね、とても」

亮平さんを紹介すると言われた話を、してもいいのか迷ってしまう。ふたりは友達なのだから、話すにしても亮平さんが気を悪くしない言い方をしないと……と思っていたら、

「俺を紹介するとか言われなかった？」

あっさり聞かれてしまった。

「い、言われました……。やっぱり、それって〝お約束〟なんですか？」

「ああ。本当に紹介してくるよ。だいたい、仕事で顧客になりそうな相手という理由でね。でも俺は、だからって簡単に親しくはならないから。それに、結局は仕事とは無関係だし」

亮平さんは、キッパリとそう言った。

「それは分かります。貴也さんが、亮平さんは冷たいところがあると言ってましたから。女性に軽い人じゃないと、ちゃんと思っています」

私の言葉にホッとしたような顔をした彼に、複雑な気分になる。

だからこそ、夢にまで出てくる萌さんは、亮平さんにとって特別な人に違いないのだろう。

朝ご飯を食べた亮平さんは、ひと息つく間もなくジャケットを羽織ると出勤の準備をしている。

「大変ですね。毎朝、こんなに早いんですか?」

玄関まで見送ると、靴を履いた彼が苦笑した。

「ああ。立場上、どうしても業務が溜まっていて……」

「そうなんですか……。気をつけて。いってらっしゃい、亮平さん」

「いってきます」

亮平さんは私にキスをすると、部屋を出ていった。

私も出勤の準備をしなくちゃ。

いつも通り、ヘアメイクを整えてみても、気分はどこか重い。

萌さんが誰なのか、亮平さんと付き合っていれば、知ることができるのかな……。

モヤモヤした気持ちのまま、私は会社への道のりを急いだ。


「おはようございます！」

「おはよう」

オフィスに入ると、コピーをしていた原田部長と目が合い、小さく手招きされた。

まだ出勤している人はまばらで、優奈も来ていない。

「広瀬、朝一番に久遠寺さんから電話があったぞ」

「貴也さんからですか？」

朝早くからなんだろう。

怪訝な顔をする私に、部長は言った。

「なんでも、インテリアのことで相談したいことがあるらしい。すぐに折り返してくれないか？」

「分かりました」

急いでデスクへ行くと、貴也さんの名刺を取り出して電話をかける。秘書の人が出て、貴也さんに繋いでくれると、電話口からけだるそうな声がした。

《広瀬さんにお願いがあるんだけどいい?》

「は、はい。なんでしょうか?」

開口一番、挨拶もそこそこに、そんなことを言われて半分ムッとする。

親しみやすいというより、馴れ馴れしく、どこか人を見下したような口調だ。

《店に置く小物類は、浅井百貨店《あさいひゃっかてん》のテナントのものを使ってくれないか?》

「浅井百貨店のテナントですか?」

浅井百貨店といえば、大手百貨店で業界ナンバーワンの売り上げを誇る。私も何度か服を買ったことがある。あそこでインテリアを扱っている店はひとつしかなく、南仏風の小物がメインのインテリアショップが入っていたはずだ。

「イメージから大きく外れることはないですけど、かなり選択が狭まりますよ? よろしいですか?」

《ああ、いいよ。ちょっとビジネスが絡んでてね。ウェブサイトに載っていない商品も注文可能だから、一度直接行ってみてくれないか? カタログをもらってきてほしい》

「分かりました。今日の午後に伺ってみます」

貴也さんから、店長の名前を聞くと電話を切った。

「なんの電話だったんだ?」

原田部長が気にかけて声をかけてくれる。

貴也さんに頼まれた内容を話すと、ため息をつかれた。

「そうか。なにか事情があるのかもしれないから、指示通りに従うしかないな」

「そうなんですけど……。少し一方的すぎませんか？　これで最後に、イメージに合わないとか言われたら」

不満を口に出すと、部長は苦笑している。

「そこまで意地悪い人にも見えないがな。だいたい、橘副社長の幼馴染なんだろ？　あまり悪く言うなよ」

ほとんど部長にたしなめられるように言われ、渋々頷いた。

午後一番に、浅井百貨店の『プティ』というインテリアショップを訪ねた。

浅井百貨店の十階にあるこの店は、ワンフロアすべてが店舗で、平日の午後でもお客さんで賑わっていた。

「久遠寺副社長から聞いてます。当店を選んでいただいて、ありがとうございます」

出迎えてくれたのは店長の中崎《なかざき》春香《はるか》さん。私と同じ年くらいの彼女は、カジュアルな雰囲気のかわいい人だ。屈託ない笑顔を見せてくれる。

「いえ……」

私の中では、この店は外していたのに、仕事としては不本意だ。

「カタログを用意しましたので、こちらへどうぞ」

店舗の裏へ通されると、そこにはダンボールや袋に入った小物が置かれている。カタログもダンボールに入ったまま山のようにあり、中崎さんは三冊を私に手渡した。

「一般向け、お得意様向け、そして今度の新作のものです」

「ありがとうございます。参考にさせてもらいます」

会社に戻ったら、この中からイメージに合うものを探してみよう。

ショッピング袋にカタログを入れてもらい、帰ろうとすると、彼女がクスッと笑った。

「今回は、ちょっとラッキーでした。イルビブの店舗に使ってもらえるなんて。やっぱり、萌ちゃんと関係があるのかな」

「え？　萌さんって……？」

偶然にも、亮平さんの寝言に出てきた女性の名前と同じで、思わず呟いていた。

「ご存じないですか？　浅井百貨店の社長令嬢です。読者モデルもしてる……」

「あっ、言われてみれば……。最近特に注目されている人ですよね」

たしか、二十代向けファッション誌の読者モデルに、そんな名前の人がいる。私の記憶では目の大きなかわいい女性だ。

「そうなんですよ。萌ちゃんって、久遠寺さんと、あの橘トラストホールディングスの副社長と幼馴染なんですよ」

「えっ⁉」

まさか……。じゃあ、亮平さんが寝言で名前を呼んでいた女性は、浅井萌さんなの？

「やっぱり驚きますよね。今をときめく、有名御曹司ふたりの幼馴染。萌ちゃんって、どっちと結婚するんだろう」

中崎さんはうっとりとした表情で、宙を見上げている。

どんどん話が進んでいき、私は軽く混乱した。

「あの、どっちと結婚って、どういう意味なんですか？」

なぜ、結婚なんて話になっているんだろう。

不安が押し寄せてきて、心臓がバクバクする。

「萌ちゃん、将来的にはどちらかと政略結婚するみたいですよ？　まあ、本命は橘さんかなぁ。萌ちゃん、橘さんが好きなんで」

「え……？」

言葉が続かず絶句していると、「中崎店長ー!」という店員さんの呼ぶ声が聞こえた。彼女は「すみません、では失礼します」と残し、行ってしまった。

しばらくその場で呆然と立ち尽くしていた私は、頭の中を整理するだけで精一杯だ。

萌さんとは、この浅井百貨店の社長令嬢で、亮平さんや貴也さんの幼馴染。そして、いずれはふたりのどちらかと政略結婚をする……?

しかも、萌さんは亮平さんが好き。そして、亮平さんは寝言で萌さんの名前を口にしていた——。

「いったい、どうなっているの?」

フラフラと頼りない足取りで、なんとかオフィスに戻った。仕事を再開しなければと思うのに、気分が乗り切らない。

今夜も亮平さんのマンションへ行くつもりだったけど、いつもと同じでいられるか自信がなかった……。

元カノと元カレの登場です

仕事帰り、コンビニに立ち寄ると、萌さんが読者モデルを務めている雑誌が目に飛び込んだ。

買ってみようかな……。この雑誌を読んでいたら、亮平さんはどんな反応をするだろう。

亮平さんが、萌さんといずれ政略結婚をするなら、私とはどういうつもりで付き合っているの？　それとも、私が亮平さんとの将来を考える方が、身のほど知らずだったということ？

今の関係を壊したくなくて、話す勇気はとてもない。

雑誌は諦めて、亮平さんのマンションへ向かう。今夜は遅くなると言っていたから、無理に行く必要はないのに。

「分からなくなりそう……。亮平さんはどうして、私と付き合っているの？」

合鍵を使い、誰もいないマンションへ帰ると、キラキラと輝くネオンの景色が迎えてくれた。

初めて知ったかも……。こんなに綺麗な景色も、曇った心で見ていると、ただの電飾にしか見えないんだ……。

「実和子⁉　まだ起きてたのか？」

深夜二時。亮平さんの驚いた声で、我に返った。

「あ、お帰りなさい亮平さん」

アタッシュケースを床に置いた彼は、ソファに座っている私の隣に腰を下ろした。

タブレットでインテリアを見ているうちに、いつの間にか真夜中になっていたらしい。

亮平さんは眉間に皺を寄せ、苦い顔で私を見ている。

「仕事……か。仕事熱心なのはいいけど、早く寝ないと体を壊すぞ？」

真剣に注意する姿からは、本当に私のことを想ってくれていることが感じられる。

萌さんの話を聞かなければ、疑う余地はなかったと思う。

「ごめんなさい、亮平さん」

彼の肩に寄り添うように体を傾けた私は、やっぱり萌さんにヤキモチを妬いていると感じた。

亮平さんを独り占めしたい、私だけを好きでいてほしいと考えてしまう。

「実和子、俺も早めに行くから、もうベッドに入ってろ」

「うん……」

亮平さんは私の顎を引き上げて、深く深くキスをしてくれた。


タブレットを見ていたせいか、目が冴えてなかなか寝つけない。

ベッドの中でボーッとしていると、お風呂を終えた亮平さんがやってきた。

「火曜日からこれだと、体がもたないだろ？　いくら金曜日が休みだからって」

彼は呆れた顔で私の隣で横になり、額にキスを落としてくれた。

「気になっちゃって……。今、イルビブと他の案件も抱えてるんです」

「そうなのか……。貴也との仕事も大変だろ？　金曜日のパーティには、あいつは来ない予定だから安心して」

ギュッと私を抱きしめた亮平さんは、あっという間に眠りについた。

亮平さんだってこんな遅い時間まで仕事で大変なのに、こうして私が側にいることを望んでくれる。そんな彼の心を離したくないし、奪われたくもない。

自分がこんなに独占欲が強いとは思わなくて、驚いてしまうけど。

萌さんの話は、まだ切り出さないでおこう。政略結婚の話だって、誤解かもしれないし。もう少しだけ、様子をみてみよう。

そう決めて、目を閉じた。

亮平さんの温もりを感じていると、ぐっすり眠れそう――。


「じゃあ、いってきます」

朝が来るのは早い。

私より三十分早く出勤する亮平さんは、玄関で見送る私にキスをしてくれた。

「いってらっしゃい、亮平さん」

小さく手を振る私に、彼は笑みを見せてくれる。

こんななにげないやり取りに幸せを感じながらも、自分に気合いを入れた。

今日は貴也さんと打ち合わせをすることになっている。萌さんの話が出てくるのか分からないけれど、ビジネス絡みでプティの店を指名された理由が今なら分かる。

中崎さんは、貴也さんと亮平さんのどちらかと、萌さんは政略結婚をする可能性があると言っていた。冷静になって考えてみれば、相手は貴也さんかもしれない。だから、浅井百貨店のテナントにある店を使いたかったのかも……。

「それなら、亮平さんは関係ないってことだもんね」

そうよ、前向きに考えよう。

いつも通りに支度を済ませると、会社へ向かった。


「それでは久遠寺副社長、こちらの商品を注文させていただきます」

貴也さんとの打ち合わせは、一時間ほどで終わった。

事前にプティのカタログから私が店舗のイメージに合いそうな商品を数点候補として選んでおいた。その中から、貴也さんの意見を聞いて最終的に決めるのだけど、その決定が想像していたより早かったのだ。

貴也さんも亮平さんと同じく、御曹司で副社長。貴也さんの副社長室は広々とした開放感溢れる部屋で、革張りの茶色のソファが座り心地いい。

「ああ、任せたから。それから、呼び方は〝貴也〟でいいよ。芸名みたいなもんだから、遠慮することない」

「分かりました……」

なんだか、言い方にけだるさを感じるのは気のせいか。というより、貴也さんはいつもどこか覇気《はき》がない。同じ御曹司でも、精力的に仕事に取り組む亮平さんとは違っていた。

「あの、貴也さん。プティのお店は、久遠寺グループと縁があるんですか？　今回ご指名だったので……」

探りの意味もあって聞いてみると、貴也さんは頷いた。

「プティが直接……というよりは、浅井百貨店とな。俺の幼馴染が浅井百貨店の娘なんだよ」

「ええ!?　そうなんですか？」

わざとらしく驚いてみせたけど、案外あっさり教えてくれて、そっちの方がビックリだった。

「浅井萌っていう、読モもやってる子なんだけど。広瀬さん、聞いたことない？」

「あー、言われてみれば……。とてもかわいらしい方ですよね？」

「そう。今回は、萌の親父さんに頼まれて、テナントの店を使ったんだよ」

萌さんのお父さんが頼んでくるなんて、やっぱり結婚相手は貴也さん……？

期待を込めつつ、そこまで話を広げてみたくて会話を続けた。

「幼馴染といえば、橘副社長もそうでしたよね？　じゃあ副社長と萌さんも？」

「もちろん。あいつら、付き合ってたから」

「え？」

付き合ってた……？

予想外の事実を知ってしまい、絶句する。まさか、ふたりが付き合っていたなんて。

「驚いたろ？　萌は特に、亮平にハマってたから。浅井百貨店の融資も、橘トラストホールディングスがやってるよ」

「そうなんですか……」

それならやっぱり、中崎さんが言っていたことも、あながち間違いではないんだ。知らない方がよかったのか、知ってよかったのかは分からないけれど、ショックを受けたことだけはハッキリ言える――。

貴也さんから衝撃的な話を聞いてから、頭の中は萌さんでいっぱいだった。

仕事が終わり、一度自宅に着替えを取りに行く。このまま帰ってもよかったけれど、今は亮平さんと離れていたくなくて、彼のマンションに向かった。

家に着くと、思った通り亮平さんはまだ帰宅していなくて、私はさっそくネットで萌さんを検索した。

「改めて見ると、本当にかわいい……」

美人というよりはかわいらしい顔立ちで、目がクリッとしているのが特徴的だ。弾けるような笑顔と、黒い艶のあるセミロングヘアで、清潔感もあった。

彼女なら、亮平さんと並んでも絵になる。社長令嬢という肩書きもぴったりだ。付き合っていたとしても納得だけど、それは過去のことなのよね……。

だけど中崎さんの話だと、萌さんは今でも亮平さんが好きらしい。ということは、亮平さんから別れを告げたということ？

リビングのソファで悶々《もんもん》と考えていたとき、玄関のドアが開く音がして慌ててタブレットを消した。

「ただいま、実和子」

「お、おかえりなさい。亮平さん」

予想より早く亮平さんが帰ってきて、思わず動揺してしまった。

「なに、動揺してるんだよ。俺に隠したいことでもあった？」

ニッと笑みを見せた彼は、一瞬、視線を鋭くリビングテーブルに向けた。そこには電源を消してあるタブレットとスマホが置いてある。

「誰かにメールか電話？」

私の行動を怪しく思ったのか、笑顔だけど口調は厳しい。

「い、いえ……違います。誰とも電話やメールなんて、していませんから」

後ろめたい気持ちで否定したのが、ますます怪しく思われたようだ。

亮平さんは真顔になって鞄を床に置き、私の隣に座った。

「本当に？」

「本当です」

まさか、『ネットで元カノを検索してました』だなんて、絶対に言えない。

「俺に隠しごとなんて、許さないよ？」

亮平さんはそう言うと、唇を重ねた。

隠しごとと言うなら、亮平さんこそどうなんだろう。

「……ん。亮平さん、苦しい」

ゆっくりと、体を押し返す。

亮平さんはまだ恨めしそうな目で私を見ているけど、ここはごまかし通すしかない。

「お風呂、沸いていますから」と話題を逸らすと、彼は渋々応えた。

「……分かった。入ってくる」

亮平さんが、あんなに疑い深いとは思わなかった。

彼の追及をかわせてホッと胸を撫で下ろし、私も寝支度を整える。

「もう二十四時か……」

亮平さんを待っていたいけど、すぐに眠ってしまいそう。

ベッドに入ると、ほのかに亮平さんの香りがする。甘くて、どこか色っぽい……。

だんだんと、うとうとしかけたとき、不意に頬にキスの感触がした。

「あ、亮平さん……」

目を開けると、お風呂から上がってきた亮平さんがいる。

「ごめん、起こした」

わざとらしい言い方に、思わずクスッとした。

「ふふ……。起こすつもりだったんじゃないですか？」

そう言うと、亮平さんは口角を上げて笑みを見せた。

「実は金曜日､運よく一日休みが取れたんだ。だからパーティまで､デートしないか？」

「えっ⁉　そうなんですか！」

思わず起き上がった私に、亮平さんがクックと笑う。

「喜んでくれたみたいでよかった」

嬉しい……。亮平さんと付き合い始めてから、一緒に出かけたのはスーパーくらいで、デートらしいデートはしたことがないから気持ちが高ぶる。

「まさか、無理して休みを取ったとか?」

「いや、違うよ。偶然取れただけ。それで、実和子を連れていきたい場所があって」

「私を? どこですか?」

ワクワクしてきて、亮平さんの方に身を乗り出すように聞く。すると彼は、優しく私を抱きしめた。

「内緒。当日までのお楽しみ。だから、お互い金曜日まで仕事を頑張ろう」

「は、はい……」

髪を優しく撫でられて、ドキドキする気持ちが高まっていく。

どこへ連れていってくれるのか気になるけど、亮平さんがそう言うのなら、素直にお楽しみに取っておこう。

あと二日すれば、亮平さんとデートができる。

それだけで、いつもよりずっと頑張れる気がした。


「ええ!? 素敵じゃない。副社長とデートかぁ」

翌日、優奈とランチ中に金曜日の話をしたら、彼女は目をキラキラさせた。

「それにしても、久遠寺さんが、橘副社長の幼馴染だったのには驚きね」

「でしょ？　私も亮平さんから聞いたときは、ビックリしちゃって」

さすがに萌さんの話はできないけれど、貴也さんがどんな人なのか興味津々だった優奈には、かなりインパクトがあったみたいだ。

「パーティどうだったか教えてね。楽しみにしてる」

「うん。明日のために、今日は仕事を残さないようにしなきゃ」

——そう思っていたのに、夕方、依頼主からのクレームが入ってしまった。

「インテリアが発注していたものと違う？　かしこまりました。すぐに参ります」

青ざめて電話を切ると、原田部長が声をかけてきた。

「大丈夫か？　俺も同行する。ショットバーだよな」

「はい。先日、ほとんどの納品は終わったんですが、今日遅れていた照明が入ってきて、それが全然違うと……」

オープンは来週末だから、まだ間に合うはず……。

「今日は、社長も来られているとかで、かなりお怒りみたいなんです」

「社長が？　打ち合わせ中は、一度もお会いしたことがなかったからな。とにかく行ってみよう」

「はい！」

心配そうに見ている優奈に小さく笑みを見せると、部長とショットバーへ向かった。

依頼主のショットバーは、サラリーマンが多い繁華街にある。飲食店が連なる通り沿いの、中央付近のビル二階に、その店はあった。

階段を上るとドアが開いていて、原田部長と緊張しながらも声をかける。

「稲田設計事務所の原田です」

「広瀬です」

すると、「はい」と少しけだるそうに男性がやってきて、私は絶句した。

「あれ？　実和子⁉」

「け、圭介《けいすけ》⁉　な、なんで？」

それは、学生時代に付き合っていた元カレだった。

小島《こじま》圭介は、私と同じ大学の同級生。ゼミが一緒だったことがきっかけで意気投合し付き合ったのだけど、学生の頃とイメージが随分変わっている。

あの頃は爽やかで優しげな雰囲気だったのに、今は派手であまり品のよさが感じられない。明るい茶髪で、目元までかかる前髪が暑苦しいし、襟足も不自然なくらいに長かった。スーツの着こなしも、亮平さんのようなビジネスマン風ではないし……。

ネクタイはなく、ワインレッド色のシャツが妙に目を引いた。

「広瀬、知り合いなのか？」

驚く原田部長に、私は小さく頷く。

「はい……。大学が一緒の同級生で……。小島圭介さんというんです」

「初めまして。小島圭介です。『バラバン』の代表してます」

私たちに渡してくれた名刺には、〝代表取締役社長〟と書かれている。

「圭介が社長なの？」

唖然としていると、圭介は得意げに私を見下ろした。

圭介も亮平さんと同じくらいの長身で、目鼻立ちがハッキリしていて男前だ。付き合っていた頃は、それが清々しいくらいに素敵だった。それなのに今は、どこか威圧的に感じる。

大学の二年間を彼と付き合い、卒業と同時に別れを告げられた。就職で離れ離れになることが決まり、将来を約束できないからというのが理由だった。そのときは、本当にショックでしばらくは立ち直れなかった。何度も圭介に電話をしたいと思ったし、もう一度やり直したいとメールを書いたこともあった。結局送信できずに削除してしまったけれど。

社会人になり、仕事で忙しくなるにつれ、ようやく思い出にできたのに、まさか今さら再会するなんて……。

「実は、お世話になった人から譲り受けた会社なんだ。結構、自分に合っててさ。だけど、実和子が発注ミスをするとは思えないな」

「このたびは本当に申し訳ありません。発注先で取り違いがあったようです。早急に事実確認をいたします」

「分かった。実和子は昔から、きちんとしてるもんな」

そんな会話をしていると、今回ずっと打ち合わせをしていた店長さんがやってきた。

「あれ？　社長のお知り合いだったんですか？」

二十代後半のイケメンさんだけど、けっして愛想がいいわけでもなく、いつも髪をオールバックにしていて怖い印象だった。今回の件も半ば脅しのような感じで、『社長が来るんだから、直接お前たちが謝れ！』と電話口で怒鳴られた。

「ああ。学生時代のな。ミスの件は、実和子たちがオープンまでには間に合わせるようにするんだよな？」

圭介は鋭い目で私たちを見る。

原田部長はすぐに、「もちろんです」と答えていた。

「それなら、今回のことはもういい。実和子、また会えるといいな」

店長さんは、まだ文句を言いたそうだったけど、圭介を前に諦めたようだった。

「それじゃあ、圭介。早急にきちんとしたものが届くように手配します。また、こちらから連絡しますので」

「ああ、待ってる」


店をあとにすると、部長が心配そうに声をかけてきた。

「さっきの小島社長とは、ただの同級生じゃなさそうだな」

「分かりましたか？　実は、元カレで……」

「元カレ？　それは複雑な偶然だな」

「はい。学生の頃は、あんな雰囲気じゃなくて、もっと爽やかな人だったんです。すっかり変わってしまって、動揺しました」

正直、再会したいと思っていなかったし、私の知ってる圭介でもなくなっていて、嬉しさも懐かしさもない。

「そうか……。バラバンの代表者だったとはな。あまり、いい噂は聞かない人だしな」

「そうなんですか？」

部長のため息に、私は嫌な緊張感を持ちながら尋ねた。

「みたいだぞ？　噂だけどさ、結構悪どいことをしているみたいだ。広瀬は、あまり深入りしない方がいいな」

「そうなんですか……」

今はもう無関係の人とはいえ、そんな話を聞いたらショックだ。圭介は、経営について学びたいからと、コンサルティング会社に就職したはずだったのに。

「とにかく、メーカーとのやり取りは俺がするから、広瀬は予定通り休みを取れよ？」

「えっ？　でも……」

「いいから、遠慮するな。今回は特別だ。小島社長とはいい再会ではないみたいだし、俺の経験から言ってそういうのはトラブルになりがちだ。彼とのやり取りも俺が引き受けるから」

「ありがとうございます……」

圭介との思わぬ再会と、彼の変貌《へんぼう》ぶりに動揺したけど、仕事が終われば関わることもない。さっきだって、あっさり別れたし、考えすぎないようにしよう。

明日は、亮平さんとデートの日。夜はパーティにも行くんだから……。

嬉しくない再会です

金曜日。朝から天気がよく、空が澄み渡っている。

昨日の動揺は、亮平さんとひと晩一緒にいたら、少しは落ち着いた。とはいえ、トラブルが解決できていないからか、どこか気分が上の空だ。

「実和子、ボーッとしてるけど、支度はできたか？」

洗面台の鏡の前で立ち尽くしている私に、亮平さんが声をかけてきた。昼前には出かけたいからと言われて、支度をしていたんだった。

「あっ、ごめんなさい。もう終わったので……」

いけない、亮平さんとの時間に集中しなくちゃ。

昨夜だって、亮平さんは帰宅が遅かったのに、今朝はちゃんと早起きをしてくれた。

それなのに、私がボーッとしていてはダメだ。

気を取り直すと洗面所を出て、彼に笑みを向ける。

「行こう、亮平さん」

だけど、亮平さんは真顔になってじっと私を見つめた。

「なにかあった？　仕事のトラブル？」

さすが、鋭い亮平さんには、ごまかしは通じなかったみたいだ。

観念した私は、小さく頷いた。

「そうなんです。昨日、トラブルが起きてしまって。今日、原田部長が対応してくれているんですけど、ちょっと気になっていたので」

さすがに圭介の話まではできない。トラブルのことだけ話すと、亮平さんは途端に表情が険しくなった。

「まさか、俺のために無理して休みを取った？」

「ち、違います！　今回は、部長対応の方がいいので、お任せしているんです」

「それならいいんだけど……。俺もこの先、実和子との約束を守れないことがあるかもしれない。だから、俺との約束を最優先してくれる必要はないから」

「は、はい……」

亮平さんなら、きっとそう言うと思った。だから、疑われてもごまかしきった方がよかったのかもしれない……。出かける前の空気を重くしてしまった。

「じゃあ、行こうか」

身を翻した彼の後ろを、少し離れてついていく。話したことを、今さら後悔してしまった。

　私だって、仕事を放って自分を優先されても全然嬉しくない。亮平さんに、今日の約束を優先して休みを取ったと、勘違いだけはされたくなかった。

「亮平さん、仕事は本当に大丈夫ですから。どちらかというと、私が深入りしない方がよくて……」

　背中に向けてそう言うと、亮平さんのクックと笑う声がした。それに拍子抜けした私は、その場で立ち止まった。

「ごめん、ごめん。疑ってなんかないよ。一瞬、まさかとは思ったけど」

　振り向いた亮平さんは、笑みを浮かべている。もしかして、怒らせたんじゃないかとも思っていただけに気が抜けた。

「本当ですか？　亮平さんって、真顔になるとちょっと怖いから……」

　口を尖らせると、彼は苦笑した。

「それは、なにげに傷つくけどな。実和子が、仕事に真摯なのは分かってるから。なにせ、一週間も連絡してこないし、合鍵も使おうとしなかった彼女だから」

「あ……。ごめんなさい」

　それを言われると痛い。

肩をすくめる私を、亮平さんはまた笑った。

「そういうところが、好きなんだ。だから、今日は実和子が、俺の彼女だってことを忘れないようにするためのものを買いに行く」

「買い物なんですか?」

連れていきたいところがあるとは言われていたけど、詳しいことは教えてくれなかった。それが買い物だったなんて。

でもいったい、なにを買いに行くんだろう。


亮平さんが車で連れていってくれた場所は、銀座《ぎんざ》にあるジュエリーショップだった。高級ジュエリーとして有名で、セレブの間で大人気のブランドだ。センスのいいデザインばかりで、品と華やかさで定評がある。

「ここ、『ell《エル》』ですよね? なんで、ここに?」

戸惑う私に、亮平さんは当たり前のように言った。

「だから言ったろ? 俺の彼女だってことを、忘れないようにさせるって。さあ、入ろう」

私の背中を軽く押した亮平さんは、ドアを開けて店に入る。

白く清潔感のある建物のイメージそのままに、店内は照明を少し落とし、落ち着いた上品な雰囲気だった。中央には円形のディスプレイが置かれていて、きらびやかなジュエリーが並べられている。

「橘副社長！　お久しぶりです。いらっしゃいませ」

私たちが入るとすぐに、綺麗な三十代半ばくらいの女性店員が声をかけてきた。にこやかな笑顔で、私にも挨拶をしてくれる。

「葉山《はやま》さん、久しぶり。あれ？　今日は、坂下《さかした》さんはいないの？」

高級ジュエリーショップの店員さんとも知り合いだなんて、驚いてふたりの顔を見比べてしまったけど、さらに別の人の名前が出てきて目を丸くする。

「実は、坂下は先週から産休をいただいております」

「ああ、そうなのか。それは、おめでたいな」

坂下さんとは、誰なのだろう。

その疑問は亮平さんに届いたのか、彼は私に説明してくれた。

「坂下さんは、ここの社長の奥様だよ」

「奥様⁉」

奥様が、ショップで働いているわけ⁉　ｅｌｌの社長といえば、イケメンカリスマ社長として有名だ。その奥様と顔見知りだなんて、やっぱり亮平さんは世界が違う。

「橘副社長、本日は恋人の方へのプレゼントですか?」

葉山さんの笑顔に、亮平さんは頷いた。

「ああ、指輪を見せてもらえるか?　普段使いができるものを」

「かしこまりました。こちらへ、どうぞ」

「えっ?　ゆ、指輪?」

軽く混乱する私に、亮平さんはニッとした。

「そういうこと」

葉山さんは、店の奥にあるドアを開け、私たちを促す。戸惑いながら亮平さんについて入ると、ＶＩＰルームだと分かった。

「すぐに何点かお持ちいたしますので、お待ちくださいませ」

彼女が店内に戻り、ふたりきりになる。すると、ソファに座った途端、亮平さんは私の頬にキスをした。

「実和子の左手薬指、独り占めしていいだろ?」

ドキドキと胸が熱くなるのを感じながら、小さく頷いた。

「はい……。だけど、亮平さんはｅｌｌの常連さんなんですか?」

嬉しさでいっぱいだけれど、少し気にかかるところもある。ｅｌｌの店員さんや、社長の奥様とも知り合いなのだから、今までも来たことがあるはずだ。

誰に、ここのジュエリーを贈ったのだろう。まさか、萌さんとか……？

「常連じゃないよ。仕事絡みで付き合いがあるから。葉山さんは、社長から紹介されて知ってるんだ」

「紹介？」

思わず反応すると、亮平さんは慌てて否定した。

「変な意味じゃなくて、とても信頼できる人ということでだ。ここのジュエリーは、誰にも贈ったことはない」

「そうですか……」

ここのジュエリーは……か。きっとｅｌｌは融資関係で取引があるんだろう。

「なんかまだモヤモヤする？　俺はここのジュエリーが好きなんだよな。だから、いつか恋人に贈ってみたかったんだけど……」

亮平さんの目は、やましいことはないとハッキリ訴えている。

萌さんが元カノだとか、政略結婚の話だとかを聞いたからか、結びつけてしまいそうになるけど、今は素直に喜ぼう。

「ごめんなさい、亮平さん。本当は嬉しいのに……」

「なにか気にかかることがあるなら、遠慮せず言えよ。今夜のパーティも、楽しんでほしいから」

「はい……」

小さく返事をした私に、亮平さんは優しく唇を重ねてくれた。


「これはどうですか？　リングが波のような形になっていて、ピンクダイヤが八個埋め込まれているんですよ。シンプルだけど、かわいさは満点です」

葉山さんは白い手袋をつけて、リングの説明をしてくれる。亮平さんは当たり前に眺めているけれど、私は目が点になっていた。

値段がまったく分からないけど、高いだろうことは簡単に予想ができる。

「これはいいな。実和子、どう？」

「えっ⁉」

どうって言われても、答えようがない。かわいいと思うし、目が奪われてしまうのも本当。でも、とても『これがいいです』だなんて言えるものではない。なにせ、ここはセレブ御用達の高級ジュエリーショップなのだから。

「あの、とてもかわいいんですけど、私には着けこなせないかなぁって……」

もっと安くて手頃な指輪で十分だし、気持ちだけで満足。

すっかり雰囲気に気圧された私に、亮平さんの眉が少しだけピクッと動いた。

「そうかな？　俺は似合うと思うよ」

「本当ですか……。でも……」

亮平さんはにこやかに私を見ているけれど、どうしても欲しいとは言えない。こんな高級な指輪を、自分から選べない……。

どうしようと思っていると、葉山さんが笑顔を崩さず立ち上がった。

「それでは、私は席を外しますので、ごゆっくりとご覧ください」

葉山さんが出ていくと、亮平さんは私に優しく言った。

「本当に好みじゃないなら、違うのを見る？　それとも、やっぱり自分からじゃ言えない？」

やっぱり、私の心はお見通しみたいだ。欲しいと言えない私を、亮平さんは分かっている……。

「すごく素敵だと思うんです。とても好みだし……。ただ、私にはあまりにも高級すぎて……」

亮平さんは私の顔を覗き込むようにして微笑むと、左手を優しく取った。

「そうかな？　実和子なら似合うと思うよ。高級なものが似合わないなんて、自分の思い込みだろ？」

「え……？」

「嫌なら、今日はやめる。だけど、そうじゃないなら、着けてみたらいい。どう？」

本当に、似合うかな……。

緊張と不安を感じながら、そして少し照れくささもありながら、私は控えめに指さした。それは、さっき亮平さんも気に入っていたピンクダイヤの指輪だ。リングの形が個性的なプラチナの指輪。

すると、亮平さんはそっと指輪を取り、私の指にスルリとはめた。

「ほら、やっぱり似合う。実和子は色白だから、プラチナが映えるな」

綺麗……。彼の言う通り、しっくりと私の指に馴染んでいるように見える。

思わずまじまじと見つめていると、亮平さんがクスッと笑った。

「気に入ったなら、プレゼントするよ。もう少し見てみたいなら、そうするし」

「いえ。この指輪が一番素敵だと思っていたので……。でも、本当にいいんですか？」

「当たり前だろ？　今夜のパーティまでには間に合わせたかったから、よかった」

「パーティまでに？　どうしてですか？」

だから、急に指輪……なんて話になったんだ。でも、なぜ？

すると、亮平さんは私の左手をギュッと握った。

「実和子を俺の彼女って紹介するため。指輪をしておけば、他の男が入り込もうとは思わないだろ？」

「そ、そうなんですか。でも、私はそんなにモテないんで」

苦笑いを浮かべながら、胸はドキドキしている。

亮平さんって、もしかして結構独占欲が強いのかな……。

「それは、自分が思い込んでるだけだよ。実和子は、かわいくてひたむきで、他の男が放っておくと思えない」

そう言った亮平さんは、私にキスをした。舌を絡められてきて、声が出そうになる。

「亮平さん、ここお店だから……」

軽く彼の体を押し返すと、亮平さんは私の顔を覗き込むように見た。

「少しくらい、いいだろ？　今日は、一日中実和子といられるのかと思うと嬉しくてさ」

そう言った彼は、もう一度私の唇を塞いだ。

「ありがとうございました。橘さま、またお越しくださいね」

「ああ、必ず」

葉山さんに見送られて、私たちは店をあとにした。

私の左手薬指には、キラキラと輝く指輪が収まっている。不思議だけど、指輪をしているると心強い感じがした。亮平さんが側にいてくれているような……。

「実和子、さっきから指輪ばっかり見てないか？　前向いてないと、ぶつかるぞ？」

クックと笑いながら、亮平さんは繋いでいる私の手を握り直した。

「ご、ごめんなさい。つい……」

気恥ずかしさで肩をすくめると、亮平さんは小さく首を横に振った。

「気に入ってもらえたなら、よかった。なあ、パーティまでは時間があるから、少しふたりでゆっくりしないか？」

「もちろん。どこへ行きます？」

「パーティ会場。あそこで、時間まで実和子とふたりでいたい」

パーティ会場で、ふたりでゆっくり？

まるでイメージが湧かない私は、不思議に思いながらも、亮平さんについていった。

車で約二時間。海が見渡せる高台に、緑の芝生に囲まれた白い建物が見える。南プロヴァンス風のオシャレな外観で、三階建てになっていた。

「ここがパーティ会場⁉」

車から降りた私は、建物を見入っていた。

「そう。結婚パーティから、プライベートのパーティまで、年中なにかが行われているんだ」

こんな、素敵な場所があるなんて……。

まるで海外にでも来たような気持ちになって、つい辺りを見回してしまう。

「立地も建物も素敵ですね。私、こんな場所があるなんて、知りませんでした」と言うと、亮平さんは小さく微笑んだ。

「まあな。ここも橘グループの所有のもので、特定の取引相手や関係者しか使用できない場所だから」

「そ、そうなんですか⁉」

さすが、橘グループは世界が違う。その御曹司である亮平さんもだ。

息をのむ私の肩を、亮平さんは強く抱いた。

「今はまだふたりきり。鍵も俺が持っているから、誰にも邪魔されないよ」

「え？　鍵も……？」

「そう。あと三時間は、スタッフも来ないから、俺と実和子だけ」

そう言った亮平さんは、私にキスをした。心地よく吹く風を感じながら、彼のキスはどんどん激しくなっていく。

「ん……。亮平さん……。待って……」

いくら周りに他の建物がないとはいえ、誰かに見られないとも限らない。

恥ずかしさいっぱいで、彼の体をそっと押し返す。でも亮平さんは、額と額をくっつけて、囁くように言った。

「部屋に入ろうか。二階と三階は客室だから」

「客室まであるんですか？」

「ああ。部屋数は五十くらいかな。パーティのあと、泊まれるようになってるんだ」

なんて贅沢な場所……。しかも、普段はこうやって閉まっているのよね。

「ほら、時間になったらスタッフが来る」

亮平さんに手を差し出され、私はその手に自分の手を重ねた。

ほとんど圧倒されながら、彼に案内されて建物に入ると、大きな白い扉が見えた。

どうやらその先が、今夜のパーティ会場になっているらしい。

だけど亮平さんはそちらへは進まず、手前のエレベーターに乗った。

「三階の奥がスイート」

「スイートルームまであるんですか？」

すぐに三階に着くと、亮平さんは私の手を引き、奥のドアを開ける。

そこは南仏のリゾートテイストの部屋だった。リビングルームには白いソファや木製のローテーブルがあり、スカイブルーのクッションが目を引く。

その奥はベッドルームで、同じくブルーのカバーがかけられたキングサイズのベッドがあった。バルコニーからは海が一望できる。

「綺麗……。水面が輝いてるのが分かる……」

思わずバルコニーへ向かおうとしたら、亮平さんに後ろから抱きしめられた。

「りょ、亮平さん？」

「誰にも邪魔されない間は、海より俺を見ろよ」

首筋にキスをしてくる亮平さんに、ドキドキと胸が高鳴る。

抱きしめている手が胸に伸び、優しく動かされると、甘い声が漏れてきた。

「あっ……、亮平さん……」

亮平さんは、呼吸が乱れる私を自分の方に振り向かせると、今度は唇を塞ぐ。

「ん……」

彼に身を預けるように、体の力が抜けて寄りかかった。そんな私を抱き上げた亮平さんは、ベッドへ優しく下ろす。

「実和子、好きだ」

「亮平さん……。私も好き……」

服を脱がされ、体中にキスをされる。

亮平さんのまっすぐな気持ちはいつも嬉しくて、初めて会ったときは、こんな日が来るとは思わなかった。

素肌を重ね合いながら、この先もずっと幸せな時間を過ごしたいと願う。

萌さんのことは、ちゃんと亮平さんに聞いてみよう。指輪を贈ってくれたり、こうやって抱いてくれる彼が、私を裏切るとは思えない。

たとえ萌さんと付き合っていたとしても、過去は仕方ない。だけど、未来は違うんだと教えてくれれば……。

スプリング音が響くベッドの上で、私たちは強く強くお互いを求め合った――。

パーティは十九時から始まる。マンションに一度戻るつもりでいた私は、いつもと変わらないワンピース姿だったけど、亮平さんがドレスを準備してくれていた。その用意周到さに驚くけど、ドレスが有名な高級ブランドのものだと分かって絶句した。

「実和子、似合うじゃないか。水色のドレス、かわいいよ」

亮平さんと体を重ね合った部屋で着替えを終えると、彼が頬にキスをしてくれた。

「ありがとう、亮平さん」

大人っぽいシルクサテンのワンピースは膝丈までのフレアスカートで、あまり派手ではないので、なんとか着こなすことができた。ウエストを青いリボンで結び、胸元には同系色の宝石があしらわれたネックレスを着けている。

「行こうか。今日は、友人や知人ばかりだから、気兼ねする必要はない。ただ、ちょっと仕事の話にはなると思うけど」

「それは大丈夫です。私に気にせず、大事な話はしてくださいね」

小さく微笑むと、亮平さんも笑みを返してくれた。そして、そっと私の頬に触れる。

「ありがとう。ほとんどが恋人同伴で来ているから、実和子も堂々としてればいい。それに、仕事に繋がる人脈もできるかもしれないしな」

そっか……。そういう出会いがあるかもしれないんだ。それなら、亮平さんの後ろを歩くばかりじゃなくて、積極的に話しかけてみようかな。

そんなことを考えていると、亮平さんがクスッと笑った。

「ただ、俺の存在は忘れないでほしいな。実和子は、仕事のことだと夢中になるから」

「あ、ごめんなさい……。気をつけるね」

苦笑いをする私の背を軽く押した亮平さんは、「行こう」と言って部屋を出た。

すると、さっそく他の客室から出てきたカップル数組と出くわし、私が亮平さんの恋人だと紹介されると、みんな目を丸くして驚いた。どうやら亮平さんはしばらく恋人がいなかったようで、私をよほどの本命だと思っているらしい。

だけど、私からしてみれば、亮平さんの友達の方が驚きだ。誰もかれもが、有名企業の御曹司ばかり。同伴している恋人もみんな綺麗で、中には雑誌で見たことのあるモデルさんもいた。普段の私なら決して交わることのない別世界の人たちなのに、私が亮平さんの恋人というだけで、彼女たちが一目置くのだから困ってしまう。

改めて、亮平さんのすごさを感じると同時に、少し複雑な気持ちだった。


パーティが始まると、亮平さんの友人知人ばかりとはいえ、その肩書きに圧倒されていた。御曹司仲間だけでなく、芸能人やスポーツ選手もいる。

亮平さんが私を紹介してくれるたびに彼らは満面の笑みを向けてくれるけど……。

「インテリアコーディネーターの仕事をしているんです」

そう自己紹介をしても、「そうなんですか。それは素敵ですね」と聞き流されるだけ。みんな私が亮平さんの彼女だから愛想よくはしてくれるけど、私自身には興味をもってくれないんだな……と思って落ち込んだ。

「実和子、少し抜けても大丈夫か？　仕事の話があって……」

申し訳なさそうに言う亮平さんに、私は笑顔で答えた。

「大丈夫です。楽しんでおきますから」

さっき声をかけてきた若い副社長との話なのは分かっているから、快く受け入れる。

「なるべく早く終わらせるから」

亮平さんは私の肩をポンと叩くと、足早にパーティルームを出ていった。

会場のテーブルには創作料理が立食形式で置かれ、百人はいるゲストたちは、それぞれのパートナーと談笑している。

すべての景色が眩《まぶ》しく見えるこの場所に、私はなんて不釣り合いなんだろう。

疎外感すら感じ始めたとき、

「よお、実和子」

圭介の声がして、私は緊張気味に振り向いた。

亮平さんの心は揺れているんですか？

「圭介……。なんで、ここに？」

まさか、亮平さんと圭介が知り合いだとは思えなくて、私は呆然とした。

そんな私を、鼻で笑うように圭介は言う。

「俺の彼女が、田中《たなか》の知り合いでさ。今夜、誘ってもらったんだよ」

「田中……？」

圭介の視線の先には、有名なプロサッカー選手がいる。その人と楽しそうに話しているのが、圭介の彼女らしい。ストレートの艶のある黒髪と、ハーフのような顔立ちでかなりの美人だ。

「大丈夫だって。お前の彼氏の橘副社長とは、全然仲がいいわけじゃないから」

ホッとしたのが伝わったのか、圭介はそんな嫌みを言った。

元カレの存在が、こんなに後ろめたいとは思わなかった。悪いことをしているわけではないのに、圭介との再会を亮平さんには黙っていたからか、どこか罪悪感がある。

「なにも言ってないじゃない。圭介こそ、彼女の前なら、私に気軽に話しかけない方がいいんじゃないの？」

なぜだろう。圭介が、付き合っていた頃とは、全然違う人のような気がするのは。挑発的で、人を見下しているような目つきをしている。それに、周りに敵対心を持っているような感じもした。

「別に構わないさ。彼女、エリナっていうんだけど、見たことないか？　読者モデルをやってるんだけど」

「え？」

そう言われて改めて彼女を見ると、たしかに見覚えがあるような……。

そうだ、萌さんと同じ雑誌の読者モデルだ。まさか、圭介の彼女とそんな共通点があるなんて嬉しくない。

「来年にはプロのモデルとして、デビューが決まってる。実和子にヤキモチなんて妬くわけないだろ？」

「そう……」

そんな言い方をしなくてもいいのに……。

やっぱり圭介は変わった。学生の頃は、本当に優しくて、こんなトゲのあることを言う人じゃなかった。

「それにしても、実和子が橘副社長と付き合ってたとは驚きだな。今日のパーティ、その噂ばかり耳にしてる」

「そうなんだ。でも、圭介には関係ないから」

これ以上、圭介と話をする必要もないし、深入りしたくもない。

彼の変貌ぶりにショックを受けている私は、その場を離れようとした。

「じゃあね。お元気で」

身を翻そうとしたとき、圭介に腕を掴まれた。

「待てよ。お前、橘副社長に騙されてるんじゃないか?」

「え? いきなり、なんなの?」

なにを根拠にそんなことを言っているのか、さすがにムッとした私は圭介を睨んだ。

「だって、相手は経済界のドンの息子だろ? 裏じゃ、かなり汚い手を使って企業潰しをしてるみたいじゃないか」

裏があるのは自分なんじゃないの?と、今にも言いたかったけれど、それは飲み込んだ。あまり圭介を挑発して、揉めてしまうと亮平さんが恥をかくことになる。

腹立たしいけど、我慢した。

「それは噂でしょ? 亮平さんは、きちんと会社の本質を見極められる人よ」

「なんで実和子が、そんなことを言い切れるんだよ？」

「だって、仕事を一緒にしたから」

たしかに、亮平さんの仕事ぶりをすべて知っているわけじゃない。だけど、ひどい裏があるようには見えない。

「世間知らずなんだよ。実和子は、昔からお人好しなところがあるから」

「そうだとしても、圭介には関係ないじゃない。今担当しているショットバーの仕事も、もうじき終わる。そうすれば、私たちは会うことなんてないから」

圭介に、亮平さんとの関係を心配してもらう必要はない。

会話をしていても不快感しかなくて、半ば強引にその場を離れる。

だけど、圭介は「どうかな」と含みのある言い方を残していた。

「まったく、最悪……」

頭を切り替えようと、いったん会場を出て化粧室へ向かう。すると、亮平さんと話をしていたはずの副社長の姿が見えた。ひとりで会場に戻っている。

ということは、亮平さんも戻ってくるかな……。

入れ違いになると心配をかけるかもしれないから、亮平さんがいないか、辺りを見回しながら歩く。

「亮平さん、どこだろ……」

すると、奥の方から「亮平くん！」と女性の声がした。切羽詰まったような声に、嫌な予感がする。

声のした方へ歩みを進めると、エレベーターの奥にある非常扉がほんの少し開いていて、そっと覗き込んだ。そこで目にしたのは、抱き合うふたりの男女。

ひとりは亮平さんで、もうひとりは——。

「萌……」

亮平さんは彼女を強く抱きしめて、顔を彼女の髪へ埋めている。

相手が萌さんだったことに、声をあげそうになるくらいビックリした。

このパーティに来ていたなんて……。

意外と小柄な彼女は、薄いピンクのAラインワンピースを着ている。亮平さんの腕にスッポリ収まっていて顔は見えないけれど、細くて白い腕だけはハッキリと分かった。亮平さんの背中に手を回し、ギュッと抱きしめている。

なんで、ふたりがこんな場所で抱き合っているの？

息をするのも忘れそうなほどの衝撃を受けていると、萌さんの悲痛な声が聞こえた。

「私、今でも亮平くんが好きなの。無理やり別れさせられて……。亮平くんだって、何度もお父さんたちを説得してくれようとしてたじゃない」

えっ⁉　ふたりは気持ちが離れて別れたわけじゃないの……？

しかも、彼女の言い方からして、お父さんたちの反対に遭ったようだ。

「ああ、そうだよ。何度も親父を説得した。浅井社長にも、頭を下げて……」

「でしょ？　それなのに、なんで諦めちゃったの？　なんで今は、違う人と付き合ってるの？」

萌さんは、私の存在を知ってしまったんだ……。だから、こんな風に亮平さんを問い詰めてる……。

でも、じゃあ亮平さんはなんで彼女を抱きしめてるの？

「それは……」

歯切れの悪い亮平さんに、萌さんは体を強く押し返し、彼を睨み上げた。

横顔しか見えないけれど、雑誌で見るよりずっとかわいい。透き通るような白い肌をしている。

「私は、亮平くんじゃなきゃ嫌なの！　ねえ、お願い……。あの頃みたいにキスをして……？」

萌さんの大胆な発言に、私は思わず手で口を覆う。

この状況で、亮平さんは彼女を拒めるのか……。

「萌……」

亮平さんは困ったような、でもどこか優しい眼差しを向けている。

でも、まるで動かない彼に業を煮やしたのか、萌さんは亮平さんの腕を掴んだ。

「してくれないなら、私からキスする」

それはダメ！と、言ってしまおうかと思ったとき——。

「俺がキスすれば、諦められる？」と、亮平さんの素っ気ない返事が聞こえた。彼の表情とは反対に、口調の冷たさがかえって気になる。

「え……？」

「最後の思い出にできるなら、俺はいくらでも萌にキスする」

亮平さんがそう言った瞬間、萌さんの平手打ちが彼の頬に飛んだ。目に涙を浮かべた彼女は「亮平くん、最低だよ」と言って、こちらへ向かってくる。

「マズイ……」

隠れる場所もなく、慌ててエレベーターのボタンを押すと扉が開く。急いで乗り込み、とりあえず三階を押した。

ドキドキと鼓動が速くなる胸を押さえ、エレベーターを降りると、その場で大きく深呼吸をする。気持ちを落ち着けないと、とても頭を整理できなかった。

亮平さんは、わざと萌さんに冷たい言い方をした――。それが分かって複雑な気持ちになる。

「まさか、亮平さんはまだ萌さんに未練がある？」

お父さんたちの反対に遭ったのなら、きっと仕事絡みで不都合があったに違いない。お互いが納得していない別れだから、『萌……ごめん』なんて寝言を呟いたりしたんじゃないかな……。

亮平さんだって、きっと萌さんに未練はある。それを忘れるために、私と付き合っているとか……？

左手薬指を見つめながら、涙がこぼれてくる。

急に指輪を贈ってくれた理由は、なんなんだろう。今日、萌さんが来ることを知っていて、彼女への当てつけ？　なんて、それは飛躍《ひやく》しすぎかな……。

頭の中がグチャグチャで、亮平さんを信用しきれない。

そのとき、バッグの中のスマホが鳴った。慌てて取り出すと、亮平さんからの着信だった。

「もしもし、亮平さん？」

なんだか気まずいな……。自然と口調が堅くなる。

《実和子、どこにいるんだよ。心配するだろ？》

「あ……、えっと」

三階に上がってるなんて言ったら、不審がられるかな……。部屋の鍵は亮平さんが持っているから、部屋には入れないのに。

ふたりのやり取りを見てしまったことは、すぐには知られたくない。亮平さんに聞くとしても、自分の気持ちを整理してからにしたい。

すると、電話口から亮平さんの心配する声がした。

《どうしたんだ？　なにかあったのか？》

「い、いえ……。実は、三階に上がってまして……」

《三階に？　すぐ行く》

電話は切れ、思わずため息が出た。

「亮平さん、心配してたな……」

萌さんとあんなことがあったあとで、どうして私のことをこんなに心配できるの？

どうして、なにもなかったかのように……。

廊下で立ち尽くしていると、亮平さんは言葉通り、すぐにエレベーターでやってきた。

「実和子、こんなところでなにしてたんだ?」

亮平さんは訝しげな顔で私を見ている。

「別に、なんでもありません……」

「なんでもないって、理由もなくここへ上がってくるはずがないだろう」

「え……? まさか、亮平さん、なにか疑っているんですか?」

自分はさっきまでなにをしていたというのよ。それを棚に上げて、私のことを疑うなんて……。亮平さんは、そんな人?

「いや、そういうわけじゃないけど、だって不自然だろ? なにもないこんな場所に、ひとりでいたのか?」

口で言うよりずっと、亮平さんの表情は私を信用していない。

「自分こそ、なにをしていたんですか? 自分にやましいことがあるから、私を疑っているんでしょ?」

「どういうことだ、それ。俺は、なにかあったんじゃないかと心配しているだけだ」

亮平さんの表情は、みるみる険しくなっていく。だけど、そんな彼に怯んでる場合じゃない。

「さっき、お話していたはずの副社長を見かけました。でも、亮平さんは戻ってこなかった。なぜですか？」

もう萌さんとのことを言ってしまおうか。亮平さんがどんな態度を見せるのか、気になってしまう。

強気に出てはみたけれど、足はかすかに震えていた。

亮平さんと、言い争いがしたいわけじゃないのに……。

「特に理由はないよ。彼と一緒じゃなかったってだけだ。俺だってあのあと、すぐに会場へ戻ったから」

「え……？」

嘘ついた……？　すぐに戻ってなんかいない。萌さんと抱き合っていたじゃない。

平然と言い切る彼に、心の中が苦しくなってくる。

もし私があの現場を見ていなければ、疑う余地もなかっただろう……。適当にごまかされて、それを信じていたかもしれないんだ。

亮平さんはそうやって、今までも私に嘘をついていた――？

亮平さんに対する信頼が、自分の中で揺れているのが分かる。

「とりあえず、会場に戻ろう。話はまたあとでする」

亮平さんが私の腕を掴んだ瞬間、エレベーターのドアが開いて、圭介とエリナさんが出てきた。

なんでこのタイミングで⁉

うんざりしてしまい、ひとまず無視してやり過ごそうと思っていたら、

「橘副社長ですよね？」

エリナさんから声をかけてきた。でも、圭介たちを知らないらしい亮平さんは、怪訝な顔を向けている。

「きみは？」

「あ、すみません。挨拶もなしに……。私、西条《さいじょう》エリナといいます。萌ちゃんと、同じ読モやってるんです」

萌さんの名前が出てきて、心臓が飛び跳ねそうなくらいにドキッとする。

だけど、亮平さんはピクリとも表情を変えない。そんな姿が、今は少し怖いくらいだった。

「そうか。萌は俺の幼馴染で妹みたいなものだから、仲よくしてやって。それじゃあ」

妹みたいだなんて、平気でそんなことを言えるんだ……。

「あっ、待ってください！　橘副社長を探していたんです」

「俺を……?」

歩きかけた亮平さんは、足を止めて振り向いた。

「はい。圭介の言った通り、ここへ来てよかったです」

「圭介?」

この状況をさすがの亮平さんも理解しきれないのか、不審そうな表情を見せた。

私なんて、さっきからずっと、心臓が嫌な音をたてていた。

「俺を覚えていらっしゃらないですよね? バラバンの代表をしている小島圭介です。そこにいる実和子は、俺の元カノなんで」

「え?」

眉間に深い皺を作った亮平さんが、私に一瞬目を向ける。だけど、彼と目を合わせられなくてそむけた。

なんで今そんなことを言うのよ⁉

圭介に怒りが湧くけれど、エリナさんは、圭介の言っていた通り、意に介していない。まるで、私たちだけが混乱させられているみたいだ。

圭介はなぜか亮平さんに挑発的な視線を向けて、話を続けた。

「実和子が会場を出ていったのを見てたんで、橘副社長と一緒なんだろうなって思ったんです。そうそう、萌ちゃん酔いつぶれてるんですよ。助けてあげてくれませんか？」

「萌が……？」

「そうなんですよ。エリナが、今夜は萌ちゃんはひとりで来てると言っていたから心配で」

　圭介がわざとらしくそう言うと、エリナさんも話に乗った。

「萌ちゃん、橘副社長の幼馴染って言ってたから、副社長ならどうにかしてもらえるかなって……。このところ、萌ちゃん落ち込んでましたから」

　エリナさんはペラペラと、饒舌《じょうぜつ》にしゃべっていた。

　それにしてもこのふたり、言わなくていいことまで話すのは、単に無神経なのか、それとも計算なのだろうか？

「プロモデルのオーディションに落ちまくっていて、かなりへこんでましたから。私に先を越されたみたいで、悔しかったんじゃないですかね」

　トゲのある言葉に、亮平さんは苛立ったように「ありがとう、すぐに行く」とだけ答えた。

「悪いけど実和子、先に部屋へ戻っていてくれるか？」

　亮平さんは私に部屋の鍵を渡すと、エレベーターに乗り込み、一階へと戻っていった。

「いいんですかぁ？　ふたりきりにしちゃって」

立ち尽くしていた私に、エリナさんが素っ気なく声をかけてきた。

「どういう……意味ですか？」

圭介は彼女の横で、涼しい顔をしている。私たちの会話には興味がない様子だけど、きっとしっかり聞いているに違いない。

「橘副社長は、萌ちゃんの元カレですよ？　しかも婚約までしていた」

「婚約⁉」

ただ付き合っていたわけじゃないの？

動揺をする私に、エリナさんは淡々と続けた。

「まあ、正式に……ではないみたいですけど。結婚を前提に付き合っていて、橘副社長からプロポーズされたって……」

本当に……？　亮平さんは、そんなに萌さんが好きだったの？

絶句する私の顔を、エリナさんは覗き込んだ。

「お互いの親に反対されちゃったんですよね。かわいそー」

それで満足したのか、エリナさんは圭介に部屋へ行こうと促している。彼女に押されるように部屋に向かおうとした圭介が、去り際に振り向いて私に声をかけてきた。

「実和子、だから言ったろ？　騙されてるんじゃないのかって。橘副社長って、経済界のトップレベルの人間たちを、ひと言で黙らせるだけの力があるんだ。お前のことなんて、遊びだよ」

違う、絶対に違う。遊びなわけがない。過去はどうであれ、亮平さんはそんな不誠実な人じゃない。

圭介の言葉に動揺はしたけれど、折れかけた心をまっすぐにする。ふたりの無遠慮な発言のおかげで、我に返れた気がした。

亮平さんがさっきごまかしたことは、きちんと理由を聞いてみよう。萌さんのことをどう思っているのか、正直に話してもらおう。

そう思ったら、私は亮平さんのところへ向かっていた。

だけどパーティ会場に戻ってみても、亮平さんの姿は見当たらない。もしかしたら中庭だったかと、そこも探したけれど姿はない。入れ違いになったのかもしれないと、客室のあるフロアに戻ったけれど、そこにもいなかった。

いったいどこだろうと、会場に戻って辺りを見回していると、彼の親しい友人である大企業の社長が声をかけてきた。パーティの最初で紹介された、大手総合商社の渡辺洸輝《わたなべこうき》社長だ。三十代前半のイケメン社長で、新婚さんでもある。一緒にいる奥様は、ニコニコしていて感じのいい人だった。

「もしかして、亮平を探してる?」

「は、はい。浅井さんといるはずなんですが……」

「亮平なら、裏玄関に行ったよ。さすがに、泥酔した萌ちゃんは目立つからな」

苦笑している渡辺社長にお礼を言うと、裏玄関へ急いだ。

パーティもお開きの様子を見せていて、正面の玄関ホールは帰る人や客室に泊まる人で賑やかだった。その間を縫うように裏口へと進んでいくと、賑やかな声もだんだん小さくなっていく。亮平さんの名前を呼んで探したらいいのに、緊張してしまい、息を殺しながら足取りもゆっくりになる。

すると、明かりの先から話し声が聞こえてきた。反射的に壁際に身を潜め、そっと覗く。

裏玄関のドア口では、眠っている萌さんを抱きかかえた亮平さんと、申し訳なさそうな顔をした中年の男性がいた。とてもスマートな雰囲気で、品のある男性だ。

「すまなかったね、亮平くん。娘が迷惑をかけて」

ということは、この人が浅井社長――つまり萌さんのお父さんか。

「いえ。今夜は客室が満室なので、社長に迎えに来ていただくしかなく……。すみません」

亮平さんは萌さんを、浅井社長の腕にそっと預ける。

こちらから見える彼の横顔は、どこか切なそうだ。

「萌はね、きみと無理やり別れさせてから、心を閉ざして物事に投げやり気味になっていたんだ」

浅井社長の言葉に、亮平さんは黙っている。でも、さっきよりその表情は悲しそうになっていた。

「本当に、後悔しているよ。亮平くんと結婚していれば、萌は幸せだったろうに。なあ、亮平くん。今からでも、娘とやり直してもらえないだろうか?」

「えっ?」

亮平さんは唖然として、言葉が出ないようだった。

「身勝手だと思うだろう? 会社の都合で、きみたちふたりを振り回した。だけど、本当に大事なのは娘の幸せだった……」

「ですが、社長。僕たちは、別々の人生を歩むことで、心の整理をつけてきました」

「そうだよな……。亮平くんとの結婚を今さら望むことは、虫がいいと思っている。

ないか？」

だが、萌はまるできみが忘れられないでいた。橘社長にもお願いする。考えてもらえないか？」

亮平さんは、きっと拒んでくれる。そう期待していたのに、なにも返事をしない彼に、私の心はズキズキと痛み始めた。

「今夜は、これで帰らせてもらう。本当にすまなかったね。仕事で近くに来ていてよかったよ」

浅井社長はぎこちない笑みを見せると、萌さんを抱えて車に戻っていった。亮平さんはそんな社長に、ずっと頭を下げていた。

亮平さんはどうして、社長のお願いを断ってくれなかったの……？

それは迷っているから？

すぐに断ることができないくらいに、まだ萌さんに特別な感情があるの？

今、少しでも私が亮平さんの心の中にいる？

私から別れを告げた方がいいですか？


浅井社長が帰っても、亮平さんはしばらくその場を動かなかった。

私はその間に部屋へ戻ったけれど、ひとりでいても悶々と考えるだけ。

もし私と付き合っていなければ、亮平さんは浅井社長にすぐに返事をしたんだろうな……。きっと萌さんとやり直していた気がする。

じわりと涙が込み上げてきたとき、部屋のドアが開く音がして慌てて拭った。

「実和子、ごめん。せっかくの休みなのに、なんだかバタバタしてしまって」

亮平さんは少し疲れたような顔で、それでも小さく微笑んでいる。

「いいんです。気にしないでください。シャワー、先に浴びていいですか？」

「ああ、構わないよ」

ソファから立ち上がり、亮平さんの横を通り過ぎようとしたとき、彼が私の腕を掴んだ。

「なんですか？」

つい素っ気ない口調になってしまう。

萌さんへの気持ちや浅井社長との会話など聞きたいことはたくさんあるけれど、きっと亮平さんも混乱しているだろう。それに今話をしたら、彼を問い詰めることばかり言いそうだ。

なにより、あんな場面を見ても、亮平さんを失いたくないと思っている。だから、今はまだ聞きたい気持ちを抑えておこう。

そう決めたのに、やっぱりフラストレーションがあったのか、『なんですか？』のひと言に気持ちが出てしまった。

「萌のことなんだけど、突然で驚いたろう？　ごめん。彼女は俺の幼馴染で……」

「知っています。貴也さんから聞いていました。私、仕事で浅井百貨店のテナントさんを使ったので……」

「知っていたのか!?」

亮平さんは驚いて目を丸くしている。

「はい。直接お会いしたことはないですけど。それより、手を離してくれませんか？　シャワーを浴びたいので……」

そう言うと、亮平さんは私を強引に引っ張り、自分の方へ引き寄せた。

「バラバンの代表の小島さん、実和子の元カレだったんだな。ビックリしたよ」

亮平さんは、圭介のことがやっぱり引っかかっているらしい。口調は柔らかいけど、私を問い詰めたいと思っているのが、亮平さんの笑っていない目で分かる。

「学生時代のことなんで。彼とは、仕事で昨日偶然再会したばかりなんです」

「仕事で?」

「はい。今日も、お互いここに来ることは知りませんでした。亮平さん、シャワーを浴びたいんですけど……」

亮平さんはやっと私を離してくれた。

バスルームに向かいながら、素直に聞けない自分が嫌になる。

亮平さんが浅井社長から言われたことを、私に話せないのも分かるけど……。ただ、あのとき即座に断ってくれなかったことが、私をモヤモヤとした気持ちにさせている。

亮平さんは彼女を強く抱きしめていた。寝言で名前を呼んでいた。それは亮平さんが、萌さんへの気持ちを捨てきれていないから?

考えれば考えるほど、最悪の結末を想像してしまう。

でも、知らないふりをしていても、解決しないだろうし……。

自分でもどうしていいか分からなくて、それからは亮平さんとまともに口をきかなかった。

亮平さんは私に背を向けて、眠りについた。

昼間は体を重ね合ったベッドなのに、こんなに彼との距離を感じるなんて――。

亮平さんと初めてゆっくり過ごせた金曜日は、思いがけない出来事ばかりで、後味の悪い思い出になってしまった。

お互い、今度いつあるか分からない三連休の最終日、朝から亮平さんはボーッとしている。私が用意したトーストやサラダの朝食も、いつもより食べるペースが遅かったし、今だって――。

「亮平さん、どうかした？　ずっとボーッとしてるけど」

ソファで経済新聞を広げたまま、もう十分近くページをめくっていない。

私が声をかけると、亮平さんはハッとしたように新聞を畳んで置いた。

「いや、なんでもない。ごめん、ごめん。今日はどこ行こうか？　昨日は、家でのんびりしただけだったしな」

のんびりっていうより、亮平さんがまるで上の空で、とても出かける様子じゃなかったからだけど……。

今も、考えごとをしていたんだろうし……。きっと萌さんのことを――。

「私は、今日も家でいいです。亮平さんは毎日忙しいんだし、ゆっくりしたらいいですよ」

食器をキッチンに運びながら、彼にそう言うと、亮平さんは立ち上がって私を背後から抱きしめた。

「亮平さん。お皿が落ちちゃいます……」

「じゃあ、ここに置いておこう」

私からお皿を取り上げた亮平さんは、カウンターにそれを置いた。

「実和子、キスしていい？」

「……どうして聞くんですか？」

「金曜日の夜から、あんまり俺に触れられてほしくない雰囲気だったから」

亮平さんなら、やっぱり気づいてるよね。どこかトゲトゲしく接していたことは、お見通しだったらしい。

「そんなことないですよ。亮平さんが、そんな風に見ているだけじゃないですか？私がそうするような、なにか心当たりがあるんですか？」

しらばっくれてみよう……。どこまで通じるか分からないけど。

すると亮平さんは、少し乱暴に私を振り向かせると、体をキッチンの壁に押し当てた。

「りょ、亮平さん……？」

さすがに言いすぎただろうか。亮平さんを不快にさせてしまったかもしれない。

緊張と、少し不安を感じながら彼を見ていると、亮平さんは私をまっすぐ見つめてきた。

「え？」

「実和子が俺に媚《こび》を売るような女性でないことは、十分に分かってるつもりだったけど……」

壁に手をついた亮平さんは、もう片方の手で私の顎を引き上げた。

「今の言い方は、ホントかわいくないな」

そう言うと、強引にキスをする。

「んん……。亮平さん……」

苦しい……。息ができない……。

唇が濡れるほどにキスをしてきた亮平さんは、一度離すと私を愛おしそうに見つめた。

「じゃあ、もう聞かない。実和子がどうしてほしいかなんて」

「亮平さん……?」

ごめんなさいと謝るべきか。でも、今回のことは、亮平さんが悪いと思う。私といても、頭の中は萌さんでいっぱいなんだろうし、なにも話してくれないのだから。

「俺がやりたいようにするから」と言った亮平さんは、私の太ももに手を滑らせる。スカートの中から、直接触れられる感触に、思わず声を漏らしていた。

「あっ……。亮平さん、待って……」

体がジンジン熱くなってくる。

亮平さんは構わずに、服の下から胸に手を這わせてきた。

呼吸が乱れ、足に力が入らない。自然と亮平さんの首に手を回す。

「待たないし、やめないよ。言ったろ?　やりたいようにやるって」

「亮平さん……」

彼に抵抗したい気持ちとは裏腹に、体はどんどん反応していく。

亮平さんは私の足を片方持ち上げると、耳元で囁いた。

「遠慮なく実和子を抱くから」

キッチンに響く私の甘い声と、亮平さんの色っぽい息遣い。亮平さんは意地悪く、私の反応を見ながら、力を加減していく。

「実和子、元カレと再会して懐かしかった?」

どうしてこんなときに、圭介の話を……?

私は甘い声を漏らしながら、なんとか首を横に振った。

「それならよかった。仕事絡みで再会したんなら、また会うこともあるだろうけど、きみのことは渡さないから」

なにを言っているの……。萌さんのことがなにも解決していないのに、亮平さんは勝手だ。

だけど、そんな亮平さんを問い詰めることもできず、結局こうやって抱かれている私も、たいがい情けない……。

それでも、やっぱりこの温もりを離せなくて、失いたくなくて、私は亮平さんを抱きしめていた。


月曜日になり、いつもの仕事の日々に戻る。原田部長が引き受けてくれた圭介のショットバーへの納品も、なんとか期日に間に合いそうでホッとした。

「ねえ、実和子。連休はリフレッシュできた? 橘副社長とのパーティは?」

「うん、おかげさまで……」

目を輝かせて、私からの報告を待っている優奈に、とりあえず建物の豪華さと、有名人や御曹司だらけだったことを話すと、彼女は感嘆のため息をついた。

さすがに圭介や萌さんの話はできず、できれば思い出したくもなかった
「さすがね。羨ましいような、私には踏み込む勇気がない世界のような……」

苦笑いをする優奈に、私も小さく微笑んだ。

「私だって、本当に亮平さんといていいのかなって思うよ?」

「なに言ってるのよ。実和子は、橘副社長に選ばれたのよ? もっと堂々としてなきゃ」

「そうかな……」

そんな疑問を当たり前に打ち消したい自分と、もしかして違うんじゃないかと思う自分がいる。

亮平さんは私と、萌さんを忘れるために付き合っている……わけじゃないよね?

「じゃあ、広瀬の明日のアポは、久遠寺副社長との打ち合わせだな」

「はい。だいぶ店舗レイアウトはできていますので、カラーや小物等の配置を最終確認します」

二十時、退社前のミーティングで、原田部長がみんなのスケジュール確認をする。

優奈も明日は、出ずっぱりの一日になるようだった。

「よし、じゃあ明日からも頑張ろう。困ったことがあれば、逐一《ちくいち》相談するように」

「はい！」

原田部長のリーダーシップは、いつも惚れ惚れする。見た目も男前で頼り甲斐のある上司だし、部長の彼女さんが羨ましい。きっとお互いを思いやっている理想的なカップルなんだろうなと想像していたら、自分と重ねてしまっていた。

私も、亮平さんと普通の恋人同士になりたいだけ。彼のバックグラウンドなんて関係ないと思っていた。

だけど実際は、亮平さんの立場に振り回されている。彼がごく普通のビジネスマンだったら、こんな思いをしなくて済んだのかな……。

モヤモヤとした重い足取りでオフィスを出たところで、正面からやってきた女性に声をかけられた。

「広瀬実和子さんですよね？　ちょっとお話があるんです。少しお時間いいですか？」

どうしてここにいるのか……その女性は萌さんだった。

薄いピンクの七分袖ニットに、クリーム色のフレアスカート。緩くひとつにまとめた髪は斜めに前へ垂らしていて、改めて見ると目を奪われるようなかわいさがあった。

この人が、亮平さんが結婚をしたいと思っていた女性……。それを考えただけで、胸が苦しくなってくる。

萌さんは、私を睨みつけるように厳しい視線を向けた。

「私、浅井萌といいます。単刀直入に言います。亮平くんのことで、話があるんです。お時間もらえませんか?」

突然の萌さんの登場に、動揺しつつも頷いた。

「分かりました。萌さん、よく私のことをご存じでしたね」

わざわざ会社近くまで来て、私を待ち伏せていたの?

すると萌さんは、私を一歩路地へ入った脇道へ促した。

「金曜日のパーティで知りましたから。広瀬さんが、亮平くんの恋人だって……」

あの夜、彼女も私の存在を知ったようだった……。

「それで、亮平さんのことで話というのは?」

緊張してしまい、声が震えてくる。

私に堂々とひとりで会いに来るほどの度胸がある彼女なのに、亮平さんへの未練を捨て切れてないんだ……。

「別れてください。亮平くんは、もともと私の恋人でしたから」

想像できていたとはいえ、実際言われると言葉がすぐに出てこない。

すると、彼女はお構いなしに続けた。

「私たち、お互いの会社の都合で別れさせられたんです。望んで別れたわけじゃない。でも、やっと許しがもらえた……」

「許し？」

「そうです。父から、亮平くんとの交際を許してもらえました。だから、彼を返してもらえませんか？」

浅井社長が、萌さんに申し訳なく思っていることは知っている。だから、許してあげたのだろうけど、だから私に別れろというのは、いくらなんでも乱暴な話だ。

「私と別れるかどうか、亮平さんが決めたらいいと思います。どうして私から、彼に別れを告げないといけないんですか？」

しかも、萌さんに指示されるいわれはない。

なんとか負けじと、彼女を睨む。だけど萌さんは、動揺する素振りも見せなかった。

「亮平くんは、あなたに同情して別れを告げられないから。まるで、あなたを都合よく使ったみたいで、バツが悪いでしょう？」

「その根拠はなんですか？　亮平さんが私に同情しているなんて、感じる部分はないですけど」

「だって、元カノとやり直すから別れてほしいなんて、広瀬さんには納得できる理由じゃないでしょう。彼はそれを分かってるから、切り出せないんです」

自信満々に言い切るのは、そう確信できるなにかがあるからなの……？

彼女の様子を窺っていると、萌さんはニヤッとした。

「まあ、いいです。広瀬さんが言わなくても、そのうち亮平くんから別れを切り出すだろうし」

「どういう意味ですか？」

「私の知り合いに、エリナっていう子がいるの。知ってるでしょ？　あなたの元カレの彼女」

「はい……。それがなにか」

そっか、エリナさん繋がりで、圭介のことを知っているんだ……。なんだか、嫌な気分。まさか圭介から私の職場を聞き出して、会いに来たの？　もしそうだとしたら、彼女の執念に怖さを感じる。

「元カレの小島さんね、業界では有名な真っ黒い人なんですよ？　そんな人の元カノと付き合っているなんて、亮平くんのイメージダウンですから」

「ちょっと待ってください。私は学生時代に付き合っていただけです。今はもう関係ありません」

それなのに圭介を引き合いに出されて、亮平さんとの関係に文句をつけられたのではたまらない。

だいたいイメージダウンだなんて、萌さんに言われたくない。こんな行動を起こしている彼女だって、十分亮平さんのイメージダウンになると思うけど。

「関係ないって言っても、彼の方は違うんじゃないですか？」

「どういう意味ですか？」

萌さんはなにが言いたいのだろう。含みのある言い方をされて、ますますカチンとする。

「そのうち、分かりますよ。私はただ、亮平くんを返してもらう、それを言いに来ただけですから」

「まったく意味が分かりません。返してもらうとか、物じゃあるまいし……」

「なんとでも、好きに言ってください。あ、亮平くんに、私が来たことを話してもらって構いませんよ。それじゃあ、失礼します」

勝ち誇ったように言った萌さんは、身を翻すと颯爽と歩いていった。

いったい、彼女はなにが目的だったの。私に、嫌みのひとつでも言いたかったのか。

これって、いわゆる〝宣戦布告〟なんだろうけど、決めるのは亮平さんだ。

もちろん私は亮平さんを信じているけど、萌さんの妙に自信のある言い方も気にかかる。

これ以上黙っていても、いい方向へは進まないし、彼女も構わないと言っていたから、亮平さんに話してみようかな……。

そうしなければ、このモヤモヤした気持ちはなくならない気がした。

亮平さんが帰ってきたら話そうと決めたけれど、その夜、彼は戻ってこなかった。

【仕事が忙しく会社に泊まる】とだけ書かれたメールがきて、半分それを疑った自分が嫌になる。

本当に仕事が理由で戻れないのか、会社に泊まるのか、一瞬でも疑念を抱いてしまった……。

広いベッドにひとりで寝ていると、余計に寂しさが募っていく。

ほのかに残っている亮平さんの香りのせいで、より彼を恋しく想ってしまった。

亮平さんの本当の気持ちは、どこにあるんだろう……。私にあるって、信じていいんだよね……?

彼の口からきちんと聞きたい――。

「朝から雨か……」

翌朝はあいにくの雨で、気分がどんよりする。髪は広がるし、靴は濡れて傷みが早くなるし、憂鬱《ゆううつ》でたまらない。

しかも、今朝は亮平さんのいない朝で、より鬱々した気持ちに拍車をかけている。

それでも今日は、貴也さんとの打ち合わせがあるし、落ち込んでいる場合じゃない。

「よし、行こう」

マンションを出たら気持ちを切り替えよう。

自分をそう奮い立たせ、傘を開く。白い小さな水玉模様の傘をさして、駅までの道を歩いた。

雨のせいか、道路は渋滞しているし、道行く人の足取りも重そうだ。

亮平さんは、ひと晩中仕事をしていて大丈夫だったのかな。今日は少し肌寒いし、体調を崩さなければいいけど……。

駅に着くと、改札の前に人だかりが見えて、嫌な予感がする。電光掲示板には【遅延】の文字が見えた。

「嘘、最悪……」

どうやら車両故障が発生し、大幅に遅れているらしい。ホームの人だかりを見る限り、電車が来ても乗れそうにない。

今日は遅刻ができないし、財布事情は厳しいけど、タクシーで行こう。

足早にタクシー乗り場に向かったけど、そこも行列だった。順番待ちで、どれくらい時間がかかるか……。

仕方ない、もう少し先にもタクシー乗り場があったはず。すぐに乗れるか分からないけど、いちかばちかで行ってみよう。

水たまりを避けながら、苛立つ気持ちを抑えて賑やかな通りを歩いていく。

この辺りは高級マンションが建ち並んでいるけど、亮平さんがいなければ、どんな景色も色褪せて見える。

「ホント、ついてないときは、とことんついてないのよね……」

ため息をつきながら歩いていたとき、横断歩道の先で、見覚えのある車が停まったのが見えた。

「もしかして……。亮平さん⁉」

きっとそうだ。かろうじて見えるナンバープレートの数字に、記憶がある。

どうして、こんなところにいるんだろうという疑問よりも、会いたいという気持ちが先にきて嬉しくなってくる。

それなのに、タイミング悪く歩行者信号は赤だ。

もどかしい気持ちのまま、信号待ちをしていると、車の助手席から女の人が降りてきた。傘をさしているけれど、横顔はハッキリと見てとれる。遠くからでも確信できたその人は……萌さんだ。

昨日会ったばかりで、記憶は新しいから間違いない。しかも、彼女の服装は昨日と同じだ。

どうして萌さんが、こんな朝に亮平さんの車から降りてくるの？

混乱する頭の中で、呆然とその光景を見つめる。

すると、今度は運転席から亮平さんが降りてきた。スーツ姿の亮平さんは、傘もささず、萌さんになにかを話している。

歩行者信号は青になったけど、足が動かない。ボーッと立っている私に、邪魔そうな顔でぶつかってくるビジネスマンがいた。だけど、それも気にならないほどに気持ちは動揺を越えて、なにも考えられなくなっている。

横断歩道を渡る人で、ふたりが見えなくなっている間に話は終わったのか、萌さんがマンションの方へ歩いていく姿が見えた。

そんな彼女を、亮平さんは雨に打たれながら、しばらく見つめている。

雨に濡れることも気にしないで、なにを考えているの……?

彼女を追いかけたいの? また、やり直したいの?

私と、別れたいの……?

それが亮平さんの本当の気持ちです

亮平さんの車が行ってから、目的のタクシー乗り場へ着くと、運よくすぐに乗ることができた。おかげで、会社には遅刻せずに済んでホッとする。

先に出社していた優奈に挨拶をし、原田部長には今日のスケジュールを報告した。いつもと同じ光景で、いつもと同じ笑みを浮かべるけど、心は鉛《なまり》のように重くて、ひとりになったらきっと泣いてしまう。

仕事があって、本当によかった……。せめて今だけは、亮平さんのことを心の隅へ追いやることができる。

朝一番で貴也さんの会社へ行かなくてはいけないのだから、とにかく頭を切り替えなきゃ。

タブレットや資料を鞄に入れると、オフィスを出た。

相変わらず外は雨で、さっきより雨脚が強まった気がする。

亮平さん、かなり濡れたんじゃないかな。大丈夫だったかな……。

どうして雨に濡れてまで、萌さんを見ていたんだろう。

「ダメダメ。仕事しなきゃ」

今夜こそは、亮平さんに聞いてみよう。本当のことを教えてもらおう。

「本当のこと……?」

もし亮平さんから、やっぱり萌さんが好きだと言われたら?

私はそれを受け止められるの……?


「広瀬さんってさ、亮平の彼女だったんだな」

貴也さんと打ち合わせを始めた直後、突然それを言われて言葉に詰まった。

「金曜日のパーティに行ってたんだろ? 知り合いから聞いて、広瀬さんなんだろうなって思ったんだけど」

そういうことか。

あのパーティは、今となっては波乱のパーティだった気がする。どうして楽しいだけの思い出で終われなかったんだろうと、考えてしまう。

「はい。貴也さんの言う通りです」

「やっぱり……。だから、俺が亮平を紹介するって言っても、食いつかなかったんだな」

貴也さんはまじまじと私を見つめているけど、正直、今は亮平さんの話はしたくない。それに、貴也さんは萌さんとも幼馴染なわけだから、ことの真相を知っている可能性もある。だとしても、貴也さんの口からは聞きたくない。

「貴也さん、仕事の話をしましょう。今は、亮平さんは関係ないので……」

「俺は、広瀬さんにしっかり亮平を捕まえててほしいんだけどな。俺にとっては、それも立派なビジネスだから」

「えっ？　立派なビジネス？」

「そうだよ。広瀬さんなら口が堅そうだし、どうせ亮平から聞くだろうから話すけど。俺と萌には、結婚の話があってさ」

「ええっ⁉」

貴也さんと萌さんに結婚話があるの？　でも、萌さんはひと言も、そんな風には言ってない。むしろ、亮平さんへの未練でいっぱいなのに……。

「いわゆる政略結婚ってやつ。アパレルと百貨店で手を組んで、お互いの事業拡大や海外進出を狙うんだけど……」

「あの……、そんなことを私に話して大丈夫なんですか？」

「構わないよ。周りの人間は知ってるし、もちろん亮平だって」

そう言われてみれば、プティの店長、中崎さんも亮平さんと貴也さんのどちらかと、政略結婚の話があると言っていたっけ。すっかり亮平さんだと思い込んでいたけど、違ったんだ。

少し心が軽くなったとき、貴也さんがため息をつきながら続けた。

「それが今になって、萌から白紙にしたいって言われてさ。原因は亮平。広瀬さん、なにか知ってる？」

知っていたとしても、簡単には話せない。そもそも、亮平さんとだって、なにも話ができていないのだから。

「知りませんけど、なにかあるんじゃないんですか？」

「そうなんだよな。亮平と萌は、元恋人同士だし、なにかあったのかと思ったんだけど」

貴也さんは、探るように私を見る。

私がなにか知っているんじゃないかと疑っているようだけど、心当たりがあるなら直接本人に聞けばいいのに。そう思ってしまい、私はなにがなんでも口を閉ざした。

「今となれば、広瀬さんに余計なことを言ったと思うけど、気にならなかった？　あいつらが付き合ってたって」

「気にはなりました。でも、亮平さんには、私からなにも聞いていません。それより、あまり時間がありませんから、打ち合わせをしましょう」

タブレットを起動させ、店舗レイアウトの画像を出す。

亮平さんのことは、今は考えたくない。だから、仕事をさせてよ……。

「分かった。ただ、本当に亮平を捕まえててくれないか？　俺、政略結婚を成立させたいんだよね」

「申し訳ありませんが、貴也さんたちの企業事情と私は、まるで関係ありませんので」

そう言い放った私に、貴也さんはそれ以上なにか意見することはしなかった。

なんとか打ち合わせは予定通りに済み、会社をあとにする。

そのあとも別の案件のアポが立て続けに入っていたので、余計なことを考える暇がなかったのが救いだった。


「広瀬、結構案件を抱えてるが大丈夫か？」

オフィスに戻ると、原田部長が心配そうに声をかけてきた。

「大丈夫です。課題はあるんですが、考えるのは楽しいので。ありがとうございます」

「それならいいけど、あまり無理するなよ」

「はい!」

思えば、亮平さんは、私の仕事に対する姿勢を褒めてくれていたのよね。一緒にいて元気が出るって……。

彼を信じてみよう。私を裏切るようなことをするはずがない。

もし……私たちの関係を終わらせたいと思っていたとしても、きっと話はしてくれるはず。

とはいっても、簡単にそうなりたくはないから、私だってすんなり受け入れるつもりはないけど。


その日の夕方、亮平さんからメールが届いた。しばらく仕事が忙しく、帰りが遅い日が続くという内容だった。

ちょうどいい機会だから、一度彼から離れてみよう。冷静になって、亮平さんの仕事が落ち着いた頃に話をしてみても、遅くないはず。

そう決めて、彼に返信をした。

【私も仕事が忙しいので、しばらく自宅へ戻ります。亮平さん、あまり無理せず体には気をつけてね】

「実和子、今日は一緒にランチしない？」

亮平さんと離れてから十日、お互い連絡を取らないままの日が続いた。

彼がどうしているのか気になりながらも、私も仕事が忙しく、日付が変わってからの帰宅が続いて、土日も出勤していた。

「うん。優奈とランチなんて久々だね。どこ行く？」

「近くのカフェは？　和食のランチプレートが人気なのよ」

「じゃあ、そこで決まり」

バッグを手に取り、優奈とオフィスを出ると、外は澄み渡る青空と、暖かい風が吹く気持ちのいい天気だった。

亮平さんからもらった指輪も外していて、まるで彼の存在を感じるものがないからか、付き合っていることすらも、夢のように感じる。

「ねえ、実和子。最近、橘副社長とはどうなの？　全然、話してくれないけど、うまくいってる？」

お店に向かう通りを歩きながら、優奈が心配そうに聞いてきた。

貴也さんや萌さんが絡むだけに迂闊《うかつ》なことは言えなくて、優奈にはほとんど亮平さんの話はしていない。だけど優奈は、私と亮平さんの仲を心配してくれていたみたいで、少しでも話しておけばよかったと反省する。

「実は、お互い仕事が忙しくて、最近は会ってないんだ」

苦笑いをする私に、優奈は呆れたようにため息をついた。

「実和子らしいといえば、そうなのかもね。でも、副社長なんて年中忙しいんだろうから、実和子に余裕ができたら、ちゃんと会わないと」

「そうだね。そうする」

たしかに、このままでいいわけがない。萌さんのことも聞きたいし、一度ちゃんと会わなければ……。今夜あたり、電話をかけてみようかな……と思ったのに、予想以上に仕事が押してしまい、自宅へ戻るだけで精一杯だった。

「もう二十三時かぁ」

ベッドに倒れ込み、スマホを手から離す。

電話をする元気がない。それならメールを送ろうか……。だけど、返事を待っている間に寝落ちしてしまいそうだし、あれこれやり取りするくらいなら、電話の方が早いしな――。

やっぱり、明日電話をしようと決めたとき、インターホンが鳴った。

「誰？　こんな遅くに……」

ひとり暮らしは、こういうときが怖い。恐る恐る、インターホンに応答する。

「はい……」

警戒心いっぱいで出ると、久しぶりに聞く優しい声がした。

「俺だよ、実和子」

「亮平さん⁉」

どうして亮平さんがここへ⁉

驚きと嬉しさが入り混じりながら、急いでドアを開ける。

スーツ姿の亮平さんは、口角を上げて微笑んでいるけれど、心なしか顔色が悪く見えた。まともに休めないほどに、仕事が忙しかったのだろうか……。

心配になり、笑みを浮かべられない私に、彼は指輪の入ったケースを差し出した。

「忘れ物。指輪、ずっと外してたんだな」

「あっ、ごめんなさい……」

亮平さんからもらった指輪は、萌さんのことで心がモヤモヤして、素直にはめられないでいた。きちんと気持ちが整理できるまでは外していようと思い、チェストに収めておいたのが、どうやら気づかれたらしい。

「いいよ。無理やり着けてほしいわけじゃないから。それより実和子、今週の土曜日

か？」

「そっか。忙しいんだな。二十時頃なんだけど、時間を作ってもらうことはできない

「その日は朝から仕事で……」

の夜なんだけど、予定ある？」

わざわざ忙しい中、それもこんな夜中に私に会いに来てまで予定を聞いてくるなんて、よほど大事な用なのか……。

わけが分からないままだけど頷いた。

「分かりました。二十時までには、仕事を終わらせますので……」

「ありがとう……。実和子に話したいことがあるんだ。その時間しか余裕がなくて」

「そんなに毎日忙しいんですか？　顔色もあまりよくないですよ」

思わず彼の頬に触れると、いつもは温かさがあるのに冷たい。

だけど、亮平さんは優しい笑みを浮かべた。

「大丈夫だよ。実和子に会えたら元気が出た。それじゃあ、また土曜日に」

亮平さんは頭にポンと手をのせると、「遅くにごめんな」と言って身を翻した。

私に会うために、わざわざ来てくれたの？　電話でもいいはずなのに……。

後ろ姿を見ていると、切なく苦しくなってくる。

土曜日、いったいなんの話があるんだろう。

私も萌さんへの気持ちを聞けるかな……。

「亮平さん！　体だけは気をつけて」

声をかけずにはいられなくて、思わず呼んでいた。

すると、亮平さんは肩越しに振り向いて笑みをくれる。

「ありがとう、実和子。それから、本当にごめん」

「え？」

亮平さんはそれだけ言い残し、足早にマンションをあとにした。

『本当にごめん』って、どういうこと？


土曜日まで気もそぞろで、仕事中も心のどこかで亮平さんを思い出していた。

改めて話って、あまりいい内容ではないのかな……。もしかして、私が聞くまでもなく、萌さんの話とか？　浅井社長の頼みを受けた？　だとしても、私に相談なしに勝手に決めるはずない……と思うけど。ただ、私に許可を取る必要もないわけで……。

約束の土曜日、亮平さんから昼過ぎにメールが届いて、私の会社近くの駅前のロータリーで待ち合わせをすることになった。

久しぶりのメールが、待ち合わせの場所を告げるものっていうのも味気ない。それでも、半月以上もまともに会っていないから、会えるのが楽しみだった。話の内容に不安はあるけど、亮平さんの顔を早く見たいというワクワクの方が大きい。

亮平さんの姿を探して辺りを見回していると、土曜日の夜ということもあり、ビジネスマンより大人のカップルが多く見受けられる。

「いいなぁ。デートか……」

仕事も好きだし大事だけど、もう少し亮平さんと過ごせる時間があったらよかったな。もっとふたりの時間を作るべきだった。

そんなことを考えていたとき、私の目の前に車が停まった。運転席の窓が開いて、亮平さんが顔を出す。昨日の夜と同じで、やっぱり顔色はよくない。

「実和子、お待たせ。乗って」

「はい」

急いで助手席に乗り込むと、亮平さんに声をかける。

「亮平さん、やっぱり顔色がよくないです。大丈夫ですか？」

「ああ、大丈夫だよ。ごめん、気を使わせて。少しドライブしていいか？　実和子に、話したいことがあるから」

「そうですよね。どんな話なんですか？」

亮平さんのマンションじゃなくて、わざわざドライブするなんて……。私はもう、あそこへ行ってはいけないということなのかな。

緊張と切なさを感じていると、車を走らせながら亮平さんが口を開いた。

「萌のことなんだけど……。実和子は、俺と萌の関係を知ってるんだよな？」

「は、はい……」

その話だったんだ……。だから、私をマンションに連れていってはくれないのね。今日呼び出されたのは別れ話をするため？　だから、わざわざ指輪も届けに来てくれたの……？

頭の中を、悪い考えばかりがぐるぐる駆け巡る。

「誰から聞いたかは、正直問題じゃない。実和子が知ってしまった以上、真実を俺から話そうと思って」

「真実ですか……」

なんだか緊張して、手が震えてくる。

なにを言われるんだろう。別れたいと言われたら、私はどうする……？

「ああ。パーティの夜に、ちゃんと話せばよかったんだ」

「あのときは、私が話せないような雰囲気を作ってましたから……」

あの日、ちゃんと萌さんのことを聞いていればよかったのか、今でも分からない。

もしかして亮平さんと向き合うことに、逃げていただけだったのかな……。

「萌が実和子に会いに来たんだろ？　本人から聞いた。そのときには、もう俺と萌との関係を知ってたんだよな？」

「はい。仕事で偶然聞いたので……」

プティで聞いたことを話すと、亮平さんは絶句していた。

「まさか、そんな前から知っていたのか……」

「はい。それからパーティの夜に、浅井社長とお話されている姿を見ました」

そのことを言うと、亮平さんは明らかに狼狽《ろうばい》しているようだった。

「亮平さんは、まだ萌さんが好きなんですか？」

もうストレートに聞いてしまおう。その方が、心のモヤモヤもなくなるはずだ。

すると亮平さんは、ハザードランプを点滅させ、車を路肩へ停めた。そして、ひと呼吸置いてから話し始めた。

「萌のことは、本当に好きだった。結婚もいつかはしたいと、本気で思っていた」

亮平さんは遠くを見つめ、ひとつひとつの言葉を、丁寧に口にする。

私は胸に鈍い痛みを感じながら、小さく頷いた。

「でも、彼女との結婚はお互いの会社の思惑とは沿っていなくて、反対されたんだ」

「それでも、亮平さんはお父様たちを説得しようとしたんですよね？」

分かっていたことなのに、彼の口から聞くのはつらい。萌さんを本当に好きだったことが、亮平さんの口調で分かる。

「そう。親父たちに頭を下げて、なんとか許してもらおうとしたけど無理だった。さらにタイミングが悪いことに、俺のニューヨーク勤務が決まってさ」

「そうだったんですか……」

「俺は、橘の御曹司という立場を捨てられなかった……」

「それは当たり前ですよ。簡単に捨てられるものじゃありません」

ニューヨーク勤務をきっかけに、萌さんと別れたということなのか……。

「萌は、浅井家を捨ててでも、俺と結婚すると言ったのに、俺は全力でそれを止めた」

「それは、おかしいことじゃないと思いますよ？　亮平さんは、萌さんにとても誠実じゃないですか」

家を捨てるだなんて、萌さんがどれほど亮平さんを好きなのか痛いくらいに分かる。でも、それだけ周りが見えていないのだから、止めることは間違っていない。

だけど亮平さんは、苦しそうな顔で首を横に振った。

「違うんだ。萌が駆け落ち覚悟で俺に会いに来たとき、頭の中を一瞬掠《かす》めたんだ。……それは困ると。そんな自分に愕然とした」

「困る……?」

「そう。萌はその頃アパレルで働いていて、俺は彼女の生き生きした姿を見るのが好きだった。それを、なにもかも失くしてでも、俺の側にいたいなんて……」

よほどつらい思い出なのか、亮平さんらしくない動揺ぶりで、手が少し震えている。

私はそんな彼の手を、そっと包み込んだ。

「俺は萌と、お互いそれなりに自立した関係でいたかった。だけど、萌が家を捨てると言ったとき、それは俺たちふたりにとっての幸せじゃないと思ったんだ」

「ふたりの幸せ……ですか?」

「ああ。正直、俺は仕事が大事だし、一緒に暮らしていても、ゆっくり会話をする時間さえないときもある」

それは私も、亮平さんと付き合ってみて分かった。たしかに、もっと会いたいとか、もっと話がしたいと思ってしまうと、彼といるのはつらいかもしれない。

「萌には、たとえ離ればなれになっても、お互い今を頑張って、そうやって親父たちを説得しようと、何度も話し合ったんだ……」

「亮平さん、そんなに萌さんが好きだったんですね」

「そうだな。好きだった……。とても」

ゆっくり噛みしめるように言う亮平さんに、ズキンと傷つく自分がいる。

「だけど萌は、それなら別れると言った。俺にはその決断が、彼女から気持ちが離れるきっかけになった……」

「どうしてですか？」

「側にいないと、俺の気持ちが信じられないって言われたんだよ。俺だって、萌と離れたくなかったし、連れていきたいと思わなかったわけじゃない」

彼の気持ちが見えてきて、複雑な想いが込み上げる。

きっとこの話の終わりが、私たちの関係の答えになるのだろうけど、亮平さんはなんて言う？　私は、どうしたい……？

「側にいないと信じられないんじゃ、ニューヨークについてきても、萌にはストレスだろうと思ったよ。俺の仕事が忙しいことに変わりはないし、俺は仕事より恋人を優先することはないから」

亮平さんはそう言うと、彼の手を包み込んでいる私の手を握り返した。

「でも萌さんは、今でも亮平さんに未練があるんですよね？　実は、私聞いちゃったんです。浅井社長との会話を。それから、萌さんと朝一緒にいるところも見ました」

パーティの夜に聞いた浅井社長の話と、雨の朝に見た光景を話すと、亮平さんは絶句した。

「そうだったのか……。ごめん、実和子には嫌な思いばかりさせてたんだな」

「聞かなかった私も悪いので。ただ、疑問に思うことをなんでも口にできるほど、強くはないんです」

「そうだよな。俺がパーティの夜に、きちんと話すべきだったんだ。酔った萌を介抱しに行ったとき、実和子が不審に思うだろうと、分かっていたのに」

亮平さんは、私から視線を逸らし、唇を噛みしめている。いつもの自信に満ちた表情とはかなり違っていた。

「亮平さん、本当のことを話してくれますよね？　萌さんのこと、どう思っているんですか？」

答えを聞くのは怖いけど、いつまでも中途半端でいられない。

緊張しながら彼の言葉を待っていると、亮平さんは私を柔らかい目で見つめた。

「萌は、俺にとって大切な女性だった。幸せにしたいと思っていた。ただ、別れたいと言ったのは彼女だったから、俺には未練なんてないと疑っていなかった」

「亮平さんは、いつから萌さんの気持ちを知っていたんですか？」

「ニューヨークから帰国して、しばらくしてからかな。萌から、会いたいと連絡をもらったんだ」

そうだったんだ……。

じゃあ、私と出会った頃には、萌さんの気持ちは分かっていたことになる。

「亮平さん、どう思いました？　やり直したいって、思いました……？」

結婚まで考えていた人が、実は自分に未練があると分かって、心がまったく揺れ動かないわけがないと思う……。余計なことを聞いているのかもしれないけど、今夜でこのモヤモヤした思いから解放されたかった。

「やり直したい……？　それはない。俺が今、こうやって話をしてるのは、実和子に改めて気持ちを伝えるためだ」

「私に……ですか？」

亮平さんは、どんな気持ちを伝えようとしてくれているの？

緊張と不安と、ほんの少しの期待を込めながら続きを待つ。

すると、亮平さんは、私の手をギュッと強く握った。

「そうだよ。俺は、ニューヨークにいる二年間、萌への気持ちに整理をつけてきた。もちろん時間はかかったけど、周りからは反対され、彼女自身からは振られ、吹っ切るには十分だったから」

「だけど、萌さんはまだ……」と言いかけた私の唇を、亮平さんは人差し指を立てて塞いだ。その仕草にドキンとしながら、言葉を飲み込む。

「正直、やり直したいと言われて、今さらと思ったよ。実は、実和子が見かけたっていう、萌と一緒にいた朝のことなんだけど……」

「う、うん……」

「その前夜に、親父と浅井社長も含めて、ホテルで食事をしたんだ。萌とは、やり直せないと伝えるために」

「そうだったんですか!?」

亮平さんは小さく頷いてから続けた。

「萌は、納得してくれないまま、その日はホテルに泊まって……。俺は、仕事が立て込んでいたから、会社に戻ったんだ」

亮平さんが言うには、ホテルの部屋で塞ぎ込み、朝になっても出てこようとしない萌さんを浅井社長が心配して、亮平さんに連絡したらしい。結局、亮平さんが迎えに行くと、萌さんは素直に出てきたとか。それから彼女の親友が住んでいるというマンションまで送ったところを、私が目撃したらしかった。

亮平さんは、萌さんの気持ちに応えられないことに、少なからず申し訳なさを感じていると言っていた。それを聞いて、いつかの彼の寝言も、意味が分かる気がして、そのことについては話さないでいた。

「実和子には、いずれ話すつもりではいたんだ。でも、まさかこんなにいろいろ知っているとは思わなかったよ」

亮平さんは、どこか遠慮気味に、私を優しく抱きしめた。

久しぶりの彼の温もりに、安らぎを感じてしまう。

簡単には、失いたくない……。

「親父たちには、今付き合っている女性がいるということと、その人との将来を真剣に考えていると話した」

「えっ？　それって……」

胸の高鳴りを感じながら、亮平さんの胸の中で続きを待つ。

「もちろん、実和子のことだ」

お互いの気持ちを再確認しました

「将来を真剣に考えるといっても、それは俺が一方的に考えていることだけどな。実和子を傷つけた分、今はきみの心を取り戻すことを頑張るよ」

そう言って亮平さんは、私を強く抱きしめる。

振られることも頭を掠めていただけに、嬉しさで熱いものが込み上げてきた。

「亮平さん、私の心は離れていませんよ。大丈夫ですから。私また、亮平さんの側にいてていいですか?」

「当たり前だろ。側にいてほしい。今夜はそれを伝えるために、実和子に会ったんだ」

「亮平さん……」

「私のこと……」

——離したくない、誰にも渡したくない。

彼に対して、そんな独占欲が湧いてくる。

萌さんに、遠慮している場合じゃなかった。私だって亮平さんを、萌さんには返さないから……。

「なあ、実和子。また、俺のマンションに来てくれないか？　やっぱり毎日、きみの顔を見たい……」

「お互い自立した関係がいいのに、毎日行ってもいいんですか？」

他意なく言ったつもりだったけれど、亮平さんはパッと私を離して気まずそうな顔をした。

私としては、萌さんと同じ理由で嫌われたくないと思ったからで、深い意味はない。でも、彼にはそう聞こえなかったみたいだ。

「矛盾してるよな。萌には、俺ばかりに染まる毎日を送ってほしくないと思ったし、離れていても変わらない気持ちを持ってほしいと思っていたんだけど……」

伏し目がちになった亮平さんが心配になり、顔を覗き込む。

「あの……亮平さん。深い意味はないんですよ……？」

すると、亮平さんは顔を上げ、私をまっすぐ見つめた。

「自分でも、少し戸惑ってるんだ。実和子を縛りつけたい気持ちはさらさらない。今まで通り、仕事を頑張ってほしいし、俺に会いたくなければ、会わなくてもいい。でも……」

「でも？」

緊張しながら続きを待つと、亮平さんはひと呼吸置いて口を開いた。

「仕事の合間にきみのことを考えていて、家に戻ってからも実和子がいない寂しさを感じていて……。ふと気づけば、きみのことで頭がいっぱいになってる」

「亮平さん……」

なんて言えばいいのか、分からないくらいに胸が締めつけられる。

亮平さんの気持ちが変わらず私にあると分かって嬉しいし、ホッとしている。だけど、萌さんが納得しているのか少し気がかりで……いろいろな思いが交錯していた。

「実和子、改めて言う。俺と、結婚を前提に付き合ってほしい」

私の手を握る力はさっきより強くて、彼の温もりをさらに感じる。

夢にも思っていなかった彼の告白に、胸は大きく高鳴っていた。

「嬉しいです……。信じられないくらいに。でも、萌さんは大丈夫なんですか？　亮平さんのこと、簡単に吹っ切れるようには見えなかったですけど……」

「俺は、もう彼女への想いが戻ることはない。今は実和子を守りたいのと、失いたくないことで必死だから」

「やっぱり、萌さんは納得してないんですね？」

亮平さんを返してもらうと強気に言っていたし、簡単に未練を断ち切れるようには見えない。

「そうだとしても、今さら俺がどうにもしてやれない。それに、萌は貴也と結婚話がある。萌は断ったみたいだけど、そんな簡単なものじゃないから」

「あ、そっか……。貴也さんから聞いてました。ふたりの結婚は、決定なんですか？」

「ほぼ。政略結婚だからな。それより、貴也といつそんな話を……」

怪訝な顔をされ、慌てて打ち合わせで聞いたことを説明する。亮平さんを捕まえていてほしいと言われたことも話すと、彼はあからさまに不快そうな顔をした。

「あいつ、実和子にそんなことを……。貴也はさ、子供の頃から萌のことが好きだったんだよ」

「ええっ⁉　そ、そうなんですか⁉」

そんなに昔からの想いがあるなんて、貴也さんって意外とロマンチストだったんだ……。

「そう。だけど、気づけば萌は俺が好きで、俺も貴也の気持ちを知りながら、萌への気持ちを隠せなくて……」

「さ、三角関係ってやつですか？」

御曹司ふたりに好かれる萌さんは、やっぱりスゴイ……。

「貴也さんって、私には会社の利益のために萌さんと結婚するって感じでしたけど、違うんですね」

「全然違うよ。照れ隠しだろう。あいつの想いが本気なのは分かるから」

「そうなんですね……」

お互い好きで、将来を考えていても別れるふたりもいるのに。ずっと切ない思いをしたであろう貴也さんは、政略結婚という形で好きな女性と結婚できるんだ。

なんだか、不思議な感じ。

「実和子、そろそろ帰ろうか。今夜は、うちへ来てくれるだろ？」

「はい……。でも、亮平さん、疲れてるんじゃないですか？　顔色があまりよくないですし」

「仕事が立て込んでたからな。でも、だいぶ落ち着いたから大丈夫。実和子こそ、忙しいんだろ？」

「少し。でも明日は休みなんで、久々にゆっくりできるんですよ」

そう言うと亮平さんはハザードランプを消し、車を走らせ始めた。

「それならよかった。俺も明日は休みなんだ。久しぶりに、ふたりでゆっくり夜を過ごそう」

「はい……」

本当に久しぶり……。亮平さんといると、安心すると、しみじみ感じる。

「実和子、萌のことは本当にごめん。これからは、なんでも隠さずに話すようにするから」

まっすぐ前を見据えた亮平さんは、真剣な口調でそう言った。

「ううん。私も亮平さんと向き合わなかったから。きちんと、心のモヤモヤを話すべきだった」

「仕事だと、ためらいも怖さもないんだけど、実和子のことになると、普段とは違う自分が出てくるんだよな」

亮平さんは苦笑して、一瞬視線を私に向けた。

「きみに拒絶されるかもしれないと思うと、怖くてさ。そんな自分がいることに、正直驚いてる」

「私だって、こんな風に恋に悩む自分は、初めてかもしれません……」

仕事に打ち込んでいたのも、亮平さんのことを考えすぎないようにするため。そんな自分は、今までいなかった。

「実和子といると、〝初めて〟がたくさんあるよ」

亮平さんのマンションへ久しぶりに来ると、懐かしさを感じて改めて室内に目を動かす。

この場所に、また来てもいいんだと思うと、言葉にならない嬉しさがあった。

「亮平さん、家に連れてきてくれて、ありがとうございます。今夜は車で話すだけなのかなって寂しく思っていたので」

夜景が見えるリビングで、彼に微笑みかけると、亮平さんは真面目な顔つきで私を見た。

「そうじゃないんだ。家には来たくないと言われたら、俺がショックだから……」

そう言うと、亮平さんは私をふわりと包み込むように抱きしめた。

「そんなわけないです。離れていた間も、ずっと亮平さんのことを考えていましたから」

広くて温かい背中に手を回し、胸に顔を埋める。色っぽい香りを感じながら目を閉じていると、彼が囁くように言った。

「実和子、今度親父に会ってくれないか？　紹介したいんだ」

「橘社長に……ですか？」

経済界のドンと呼ばれる橘社長は、いったいどんな人なんだろう。

「ああ。それから、母にも。実和子とは、将来を真面目に考えているし、簡単に手放す気はないから」

「手放す気はない？」

「そうだよ。親父たちがすんなり賛成してくれるかは分からないけど、萌のときのように引くつもりはない」

亮平さんは私の体を離し、真剣な目で見下ろしている。

私に萌さんの話をしたから、気を使って、そんな風に言っている……？

「亮平さん、無理はしないでください。私は萌さんと違って家柄も普通ですし、人より際立つなにかを持っているわけじゃありません。たとえ反対されたとしても、仕方ないかなって……」

そのときは、時間をかけて分かってもらうしかない。私には、その覚悟はあるけど、亮平さんはどうだろう。

ドキドキしながら彼を見つめていると、亮平さんはキッパリと言った。

「家柄なんて関係ない。実和子だってそうだろ？　俺が橘グループの御曹司だから好きになったわけじゃないだろ？」

「当たり前じゃないですか。私は、亮平さんが亮平さんでいてくれるなら、一文無しでも構いません」

私は一緒に仕事をしたときから、亮平さんに少しずつ惹かれていた。

それは、彼のバックグラウンドではなく、彼自身に。

きっと西口家具の西口社長に会ったときから、亮平さんに対する気持ちは、恋心に変わっていったと思う。

「よかった、そう言ってくれて。たとえ、反対されたとしても、俺は実和子を離さない。絶対に」

「私もです、亮平さん。もし反対されたとしたら、分かってもらえるまで、橘社長やお母様に会いに行きますから。覚悟してます」

口角を上げて微笑む私に、亮平さんも優しい笑みを向ける。

「実和子は、本当に強いよな。だけど、たまには俺に支えさせて」

亮平さんはそう言って、唇を重ねた。何度も何度も交わすキスに、息が少しずつ乱れていく。

「久しぶりだと、ちょっと燃えるな」

「え？」

いたずらっぽくニッとした亮平さんは、私を軽やかに抱き上げる。

「ベッドに連れていっていいか？」

耳元で囁く亮平さんに、私はドキドキしながらも、少しだけ意地悪を言ってみた。

「嫌ですって言ったら……？」

そんな私に、亮平さんは笑顔を崩さない。

「それでも連れていく」


常夜灯だけの部屋からは、夜景がよりハッキリと見える。

だけど、今はその輝く景色に興味はない。目の前にいる亮平さんだけしか、私の瞳には映らないから……。

「ん……。あ……」

甘い声を漏らす私を愛おしそうに見る彼も、だいぶ呼吸が乱れていた。ベッドの軋む音が、だんだんと速くなる。

「実和子……」

私の名前を呟く声とともに、唇を塞がれる。

これが幸せっていうものなのかなと思うくらいに、亮平さんに抱かれていることで心が安らいでいた。

離したくない。この温もりも、彼の心も。絶対に……。


――眩しいな。どうしてだろう。

「あ、もう朝……」

目を開けると、ブラインドの隙間から、陽の光が差し込んでいるのが見える。

そうだ。ここは亮平さんのマンションだった……。

体に鈍い痛みを感じるくらいに、昨夜は亮平さんと体を重ねていたのかと思うと気恥ずかしい。

隣に目を移すと、静かに寝息を立てる彼の寝顔があった。

「よく寝てる……」

クスッと笑いながら、まじまじと亮平さんの寝顔を見つめていると、本当に顔立ちが整っているのが分かる。まつ毛が長く、鼻筋は通っていて、肌もきめ細かい。唇は赤みがかっていて、顔色は昨日より少しよくなっているみたいだ。

「ゆっくり寝ててね、亮平さん」

彼の唇にそっとキスをして起き上がると、服を羽織り、リビングへ向かう。

初めてここへ来たときに、亮平さんが近くのパン屋でパンを買ってきてくれたっけ。今朝も焼きたてパンを用意しておこうかな。ずっと激務続きだった亮平さんは、朝ご飯だってゆっくり食べていなかったんだろうし。

「よし、決めた！　買いに行こう」

簡単にメイクをして支度をすると、バッグを手に取り、玄関に向かおうとして足が止まる。

「……と、その前に」

今までは、萌さんのことがあって素直に着けられないままだった指輪。その指輪をバッグから取り出し、左手薬指にはめた。

「やっぱり、持ってきててよかった」

これからは、ずっと着けていよう。今なら素直にそう思える。

この指輪には亮平さんの気持ちが込められているし、なにより身に着けていると、彼が側にいる気がするから――。

お目当てのパン屋は、亮平さんのマンションからすぐ近くにあった。

店の名前を知らなかったけれど、人の多さですぐに分かった。それに、香ばしい匂いもしている。

店内に入ると、お客さんはほとんどが若い女性のようで、小さなカゴに思い思いにパンを入れていた。

定番のクロワッサンやフランスパンからクリーム系のパンに、フルーツののったものまで、種類がたくさんあり迷う。

「美味しそう……」

亮平さんが好きそうなパンを選びながら、ひと通り店内を見て回り、レジに行くと、〝挽きたてコーヒー〟の文字が目についた。

これも買っていけば、朝ご飯としては完成だな……。

コーヒーをふたつ注文し、マンションへ戻ろうとしたところで、バッグの中のスマホが鳴った。土曜の朝から誰だろうと不審に思いながらスマホを取り出すと、それは亮平さんからだった。

「もしもし、亮平さん?」

どうしたんだろう。なにかあったのかな。

ドキドキしながら電話に出ると、スマホの向こうから亮平さんの心配そうな声が聞こえた。

「えっ……？」

《実和子、どこにいるんだ？》

亮平さんから電話があってすぐ、急いで部屋に戻ると、玄関で気まずそうな彼に迎えられた。

「ごめん、実和子。まるで子供のような電話をしてしまって……」

パンとコーヒーの入った袋を私から受け取った亮平さんは、バツが悪そうに言う。

「そんなことないですよ。私も、メモくらい置いておけばよかったです」

言いながらも、クスッと笑ってしまいそうになる。

そんな私に気づいた亮平さんは、照れ隠しのように、私を軽く睨んだ。

「やっぱり呆れてるんだろ？」

パンとコーヒーをリビングのテーブルに置いた彼は、少し強引に私の腰に手を回して引き寄せる。顔が至近距離に近づいてきて、胸がときめいてきた。

「呆れてなんかいないです……。むしろ、嬉しかったので」

目が覚めた亮平さんは、私がいないことに焦り、それで電話をしてきたらしい。しばらく連絡を取り合わない日が続いていたこともあり、亮平さんは私が帰ったんじゃないかと思ったとか……。

いつもは冷静な彼の意外な一面は、私には愛おしく映った。だから思わず笑ってしまったけど、亮平さんを呆れたりはしていない。彼が目を覚ますまでに戻ってこようと思っていたけれど、一緒に行けばよかったと後悔した。

「それなら、安心だけど……。せっかく実和子が買ってきてくれたんだから、早く食べようか」

亮平さんは、優しい笑みを見せて私から離れた。

てっきりキスをされると思っていたからか、物足りなさを感じる自分に驚く。

「亮平さん。キス……してくれないんですか?」

「え?」

私の大胆な発言に目を見張る彼に、恥ずかしさを感じつつ、それでもまっすぐ見つめた。

こんな風に、これからは素直な気持ちを出していきたい……。

「顔、近づけてきたから、キスしてくれるのかなって思ったんですけど……」

半分ぎこちなさを残しながら言うと、亮平さんの唇が重なった。上唇に触れるだけの優しいキスだけど、胸はキュンとなる。

「昨夜は、俺が好き勝手してしまったから、ちょっと遠慮したんだけど……。そんなことを言われたら、止められないよ?」

「亮平さん……。止めないでください」

そっと、亮平さんの服の裾を掴む。その手がかすかに震えるほどに、自分の発言に緊張していた。

「やっぱり実和子は、俺の心を動かすんだよな。初めてだよ。俺がこんなに、ペースを乱されるのは」

亮平さんは私を強く抱きしめると、舌を絡めてきた。苦しいくらいに激しく、唇がどんどん濡れていく。

「ん……」

思わず声を出すと、亮平さんが耳元で囁いた。

「ごめん、キスだけじゃ足りない」


「亮平さん、コーヒーとパン、温め直しますね」

「ああ……。ホントごめん。つい調子に乗った」

シャツを羽織りながら、亮平さんは照れくさそうに微笑む。そんな彼に、私も笑みを向けた。

「私は、嬉しかったですよ。亮平さんとふたりきりのときは、ごく普通のカップルでいたいので」

パンをお皿に盛りつけ、コーヒーとともにカウンターテーブルに置く。

私が亮平さんと過ごしたいのは、きらびやかな毎日ではなく、こんななにげない時間だから。

「そうだな。それは、俺も同じだよ」

亮平さんは、ソファから立ち上がり側にやってくると、私の額にキスをした。

「どれも美味しそうだな。実和子は、どれがいい？」

「そうですね……。ねえ、亮平さん。ふたりで半分こしませんか？」

美味しいものなら、ふたりで分け合いたい。

そう思って提案してみると、亮平さんは嬉しそうな顔をした。

「そうしよう。じゃあ、俺から」

生クリームの入ったパンをひと口サイズにちぎり、それを私の口に入れる。

ただそれだけのことなのに、こんなにドキドキするのは、亮平さんが私を見つめているから……？

「実和子、クリームがついてる」

亮平さんはクスッと笑うと、口元のクリームを拭う。

そんな彼の姿に、胸を高鳴らせていたときだった。不意に亮平さんのスマホが鳴り、流れていた甘い空気は消える。

「ごめん、ちょっと電話」

「もしかして、お仕事ですか？」

亮平さんはテーブルに置いていたスマホを取り、ディスプレイを確認しながらため息をついた。

「ああ、残念だけど会社からだ」

これが私たちの想いです

亮平さんは少し離れて電話に出ている。

なかなか思うように、ふたりの時間を過ごせないもんなんだな……。私も明日からは仕事だし、またすれ違いの日々が続くのか。

でも、それでも気持ちはすれ違わないと、それだけは絶対に言える……。

「なに!? それは本当か? マズイな……」

なにかよくないことが起きたのか、亮平さんの口調が荒立っている。

「分かった。すぐに行く」

電話を終えた亮平さんは、強張った顔で私のところへ戻ってきた。

「ごめん、実和子。今から会社に行かないといけなくなった」

「謝らないでください。私のことは気にしなくていいので、早く行ってください」

亮平さんは「本当にごめん」と言って、急いでスーツに着替えると、飛び出すように出ていった。

なにがあったんだろう。心配だな……。

ふとカウンターテーブルに目をやり、ほとんど手つかずのパンに切なさを感じる。

「せめて、亮平さんに食べてほしかったな……」

このパンは、私が今日一日かけて食べるとして、ご飯も食べずに出ていった亮平さんの方が気がかりだ。いくら激務とはいっても、なにか食べないと……。

食べかけのパンを口に入れ、コーヒーを飲み干したときだった。インターホンが鳴り、思わずカップを落としそうになった。

「こんなときに……。勝手に出てもいいのかな……」

とりあえず、誰が来たのか確認しようとモニターを見ると、そこには萌さんいて、驚いてしまった。亮平さんがいないのに応答はできないと思いながらも、俯き加減で立っている彼女を、このまま無視をすることに良心が痛んだ。

「はい……」

緊張気味に返事をすると、萌さんは少し驚いたように顔を上げた。

モニター越しなのに、まるで彼女に見つめられている気になる。

「広瀬さん？　もしかして、亮平くんいないんですか？」

「そうです。亮平さんは、急な仕事で会社に行きました……」

亮平さんに会いに来たんだ……。なんの用なんだろう。

割り切ろうと頭では思っていても、やっぱり嫉妬の気持ちが湧いてくる。

「そう……。じゃあ、広瀬さんだけでも会えますか?」

そう問いかけられ、すぐには返事ができなかった。目的がなにか分からないからだ。

でも、私も萌さんと、なにも話さないままでいいとは思っていない。亮平さんへの想いを、きちんと伝えるチャンス……。

そう考えて、彼女に答えた。

「分かりました。どうぞお入りください」

ほどなくして、萌さんがやってきた。亮平さんのいない部屋で、彼女とふたりきりでいるのは胃が痛くなるほどに緊張する。

「ソファへどうぞ」

私が促すと、萌さんはソファへ向かいながら、珍しそうに部屋を見回している。

「私、この部屋に来たのは初めてなんです。亮平くんは、ニューヨークから帰国して、ここに住み始めたので」

「そうだったんですか?」

用意した紅茶をリビングテーブルに置くと、彼女と向かい合って座る。

数日前に私に宣戦布告をしてきたときの勢いはまるでなく、むしろ少しやつれていた。

「はい。それまでは、別のタワーマンションに住んでいて……。そこで同棲していました」

「同棲……ですか」

予想できることとはいえ、ハッキリ知らされると、苦しく感じる自分がいる。

「そうです。そこに私たちは一緒に住んでたんですけど……」と言いながら、萌さんはリビングから見える景色に目をやる。少し涙を潤ませて、「ここから見える景色とは、全然違うんですよね……」と呟いていた。

「萌さん、今日はどうしてここへ？　亮平さんに会いに来たんですよね？」

ただの昔話をしに来たわけじゃないだろうし。少し冷たい言い方かもしれないと思ったけれど、私はもう亮平さんへの想いを揺らしたくなかった。だから、萌さんとはキッパリと向き合いたい。

するると彼女は、私へ向き直った。涙はもう見えなくなっている。

「私、貴也くんと結婚しないといけなくなったんです。知ってますよね？　貴也くんのこと」

「は、はい……。お仕事で、ご一緒していますから」

たのに。

貴也さんと結婚？　この間は、結婚話が白紙になりそうだと、貴也さんは言っていたのに。

あまりの急展開に呆気に取られていると、萌さんは続けた。

「私と貴也くんは政略結婚なの。お互いの家の利益確保のために、父同士が決めた結婚。私がどんなに亮平くんに未練を残していても、話はさっさと進んでいたんですよ」

「えっ？　でも浅井社長は、亮平さんにやり直してあげてほしいと……」

うっかり口を滑らし、ハッとする。萌さんもビックリしたように言った。

「広瀬さん、そこまで知ってたんですか……？　亮平くんから聞いた？」

「実は……」

こうなったら、パーティの夜に見たことを話すしかない。浅井社長と亮平さんのやり取りを目撃したことを話すと、萌さんはため息をついた。

「そうなんですか……。実は、久遠寺社長が結婚に昔から積極的で、亮平くんとの交際をよく思っていなかったんです」

萌さんが言うには、浅井百貨店と久遠寺グループは、海外事業を拡大したいという方向性が一致しているという。そのため、浅井社長らは互いの子供同士を政略結婚させて、両者の結びつきを強めようと画策していた。特に久遠寺社長は、随分前から政略結婚に積極的だったとか。

そんな話は私にはまるで馴染みがなく、ほとんど人ごとのように聞いていた。

だけど、好きな人と当たり前に付き合うことすら、阻まれる立場にいる萌さんを切なく思える。

「久遠寺社長の主導で、明日はとうとう結納を決める日なんです。それまでに亮平くんとやり直したいっていう望みは、叶えられなかった……」

気落ちする彼女からは、諦めと未練と、もどかしさが感じられる。

「萌さんは、本当に亮平さんが好きなんですね」

そう言うと、萌さんは力ない笑みを浮かべた。

「亮平くんがニューヨークに行くことが決まったとき、私は彼に言ってはいけないことを言ってしまったんです」

それは、亮平さんが話してくれたことかな……と予想はできたけど、口には出さないでいた。きっと私が聞いていたと知れば、萌さんもいい気はしないだろうから。

「亮平くんは、たとえ離れていても、気持ちは変わらないと言ってくれました。むしろ、そこを乗り越えれば、きっと父たちに認めてもらえると」

「亮平さん、本当に萌さんに対して真剣だったんですね……」

妬ましいくらいに羨ましい。淡々と応えてはいるけれど、心の中ではヤキモチを妬いてしまった。

「そう思いますよね。本当にそうだったのに、亮平くんと離れて過ごす自信がなかった私は、彼を傷つけることを言ってしまった……」

「どんな……?」

「実は私、駆け落ちしてもいいと思ってて。それを亮平くんに止められたんだけど、そのとき言っちゃったんです。亮平くんを信じられないって……」

側にいないと、気持ちが信じられないってことよね……。

亮平さんの説明と辻褄が合い、ホッとする自分がいる。

「亮平くんの優しさは、誰にでも向けられる軽いものって……。私と離れて、きっと他の女性に向けるって……」

「そんなことを?」

亮平さんは、そこまで言っていなかったから、驚きで絶句する。

すると萌さんは、目に涙を浮かべながら続けた。

「私、あのときはかなり焦っていて、そのイライラを彼にぶつけてしまった……。正直、温度差を感じたんです。冷静な亮平くんが、恨めしかった。私は、こんなに必死なのにって」

「でも、亮平さんだって、気持ちは同じだったと思いますよ？」

私はなにをフォローしているんだろうと思うけど、亮平さんの想いを無視できない。そんな私に、萌さんはひと筋の涙を流しながら頷いた。

「本当は分かってたんです。亮平くんが、私を誰より大切にしてくれていると。だからこそ、理屈抜きで受け止めてほしかった」

「そんな……。亮平さんは、萌さんとの未来を大事にしていたからこそ、拒んだんじゃないですか？」

「そうよ……。でも、あのときの私には、強さがなかった。だから、別れようと言ってしまった。亮平くんの優しさも想いも、離れてしまえば信じられないからって」

萌さんは、嗚咽を漏らしながら涙を流している。だけど、そんな彼女を慰める気にはなれない。だって、愛する人からそんなことを言われた亮平さんは、きっとすごく傷ついたはずだから。

「亮平くんは、私のそんな自暴自棄な言葉を、冷静に受け止めました。どうにもできないと思ったんでしょうね。それきり会うこともなく、彼はニューヨークに行きました」

だから亮平さんは、自分が御曹司という立場を捨てられなかった、なんて言ったんだ……。

亮平さんはきっと、萌さんの気持ちをちゃんと分かっていた。分かっていた上で、彼女がそういう考えなら、自分は受け止められないと思ったのかもしれない。

「でも、すぐに後悔して……。ニューヨークにいる亮平くんに何度か連絡をしたけど、すべて無視をされました」

「そう……ですか」

「本当に、私に愛想を尽かしたんだと思います。今さら後悔してもどうにもならないけど、明日を迎える前にもう一度、亮平くんに会いたかった……」

萌さんは涙を拭うと、床に置いていたバッグを手に取り、立ち上がった。

「今日は亮平くんに、あのときの言葉は、本心じゃなかったって言いに来たんです」

「どうして……。申し訳ないですけど、今さらって感じがします」

「分かってます。ただ、どうしても伝えたかった。傷つけたことを謝りたかった。私、近いうちに貴也くんの婚約者になるんで……。もう、会いに来れないでしょ？」

切なそうに言った萌さんは、「それじゃあ、失礼します」と会釈をして玄関に向かった。

「広瀬さん、話を聞いてくれてありがとう」

萌さんは弱々しく、玄関の扉を開ける。

ゆっくり遠ざかっていく背中を見ていると、思わず声をかけていた。

「亮平さんに、萌さんが来たことを伝えておきますから」

すると彼女は振り向いて、小さく笑みを浮かべた。

「ありがとう」


亮平さんが帰ってきたのは夜になってからで、会社でなにがあったのかは話してくれなかった。だけど私は、萌さんが訪ねてきたことで頭がいっぱいで、彼の会社事情にまで頭が回らなかった。

「萌が、そんなことを言いに？」

萌さんが来たことを話すと、亮平さんはネクタイを外しながら、怪訝な顔をした。

「そうなんです。亮平さん、萌さんに会いに行ってあげてくれませんか？」

「え？」

こんなことを言う自分に驚くけれど、意に反した婚約を目前にして、亮平さんに会いたかった萌さんの気持ちは理解できる。

それに――。

「萌さん、亮平さんに会って気持ちに区切りをつけることができれば、明日から前を向けると思います。そのためにも、会いに行ってあげてください」

「実和子……。いいのか?」

「もちろん、百パーセントは望んでいませんよ。ただ、萌さんには最後にもう一度、亮平さんに伝えたい想いがあるんです」

亮平さんを信じているとはいっても、できるなら、ふたりで会ってほしくない。でも、ここで萌さんが亮平さんに会えれば、明日からの新しい毎日を、前向きに進めるかもしれないから。

「亮平さんたちには、それを伝え合ってから、本当の意味で過去を思い出にしてほしいんです」

「ありがとう、実和子。優しいんだな。じゃあ、萌に会いに行ってくる」

亮平さんは私の額にキスをすると、走って部屋を出ていった。

いつかのパーティの夜も、亮平さんはこうやって彼女のところへ行ったっけ。

「あ、雨……」

バルコニーへ出ると、雨がしとしとと降っている。

私のモヤモヤしている気持ちも、雨に流れてしまえばいい。

亮平さんは私を優しいと言ってくれたけど、本当はそうじゃない。

萌さんに、亮平さんをキッパリ諦めてほしいから。だから、今夜は彼女のところへ行ってと言ったの……。


彼が戻ってくるまでは、とても落ち着かない。

私はバルコニーから動かないまま、ずっと夜景を見ていた。

雨の匂いがする……。それに靄《もや》が出てきて、街のネオンが滲んで見えた。

今頃、ふたりはどんな会話をしているのだろう。亮平さんは、いつ帰ってきてくれるのだろう。

萌さんの話を聞いて、亮平さんの傷ついた過去が癒されたらいいな。そしてまた、私の側に戻ってきてくれたら……。

亮平さん、早く帰ってきて。会いたいよ。

テラスにもたれかかり、目を閉じたとき——。

「実和子、ここにいたのか」

亮平さんの声がして、急いで振り向いた。

「お帰りなさい！　萌さんには、会えた？」

「ああ。会えたよ。本当にありがとう。萌の気持ちが聞けて、実和子の言う通り、過去がいい思い出になった」

清々しい笑みを浮かべて、亮平さんは私をゆっくり抱きしめた。

「体が冷たくないか？　いつからここにいたんだ？」

亮平さんは私の体を離し、怪訝な顔で覗き込む。

「えっと……。亮平さんが出てすぐだから……」

「じゃあ、二時間以上も!?」

亮平さんは唖然として、すぐに私の腕を引っ張り、部屋の中へ入らせた。

「夜は肌寒いんだ。そんなに長い時間、外にいるもんじゃないだろ？」

「ごめんなさい……。亮平さんのことを考えていたら、時間の感覚がなかったみたい」

苦笑いをする私に、亮平さんは表情を崩さず静かに言った。

「実和子への気持ちは、この先も変わらない。俺は、萌との過去に未練はないんだ」

「はい。私も、亮平さんを信じています……」

「ただ、俺を忘れられないでいる彼女を、どうやって前に進めさせてやれるか。それは考えていた」

彼の言葉に小さく頷く。

亮平さんは、本当に優しい。仕事で忙しいのに、私や萌さんのことも、ちゃんと考えてくれている。

「そのせいで、実和子につらい思いをさせたのなら、それは心底後悔している。今、俺が大切にしたいのは、実和子だから」

「亮平さん……。嬉しいです。そんなにまで、私を想ってくれることが」

亮平さんを抱きしめると、強く抱きしめ返された。

「当たり前だろ？　だから、こんなに体が冷えるまで、俺を待っていなくていい」

「亮平さん……」

彼への想いが溢れてきて、好きという言葉じゃ足りないくらい。痛いほどに抱きしめられて、優しく髪を撫でられていると、ますます胸は高鳴った。

愛してる、という言葉を、今にも口にしそうになったとき、

「実和子、愛してる……」

亮平さんがそう言ったから、思わず顔を見上げた。彼の穏やかな眼差しが、私の視線と重なる。

「私も……。私もです。亮平さんを愛しています」

「絶対に、離さないからな。たとえ、この先なにが起こっても、もう大切な人を見失うことはしない。実和子は、俺だけのものだ」

亮平さんはそう言って、私の唇にキスをした。

「んん……」

深く強いキスに、あっという間に頭がクラクラしてくる。

亮平さんの独占欲が嬉しくて、まっすぐに伝えてくれる想いに、心は満たされていった。


「あっ……。ん……」

ベッドの上で、亮平さんに愛撫されるたび、体が温かくなってくる。

さっきまで冷えていた体は、彼の愛で温もりを取り戻していた。

「実和子……」

キスをするたび、体に触れるたび、亮平さんは私の名前を呼ぶ。それがとても嬉しくて、ますます体は彼に反応していた。

「亮平さん……。もう、これ以上焦らさないでください」

「そんなつもりじゃないんだ。ただ、実和子に少しでも長く触れていたくて」

亮平さんはキスをして、私にさらに甘い声を漏らせる。ベッドの規則正しいスプリング音と、彼の荒い息遣いが、ますます私を高揚させた。

「気持ちいい？　実和子」

「はい……、とても。亮平さんは？」

「俺も……」

そう言った瞬間に、亮平さんの腰の動きは速くなっていった。

このまま、ずっと幸せが続いていってほしい。ささやかだけど、贅沢な願いを叶えたい——。

それなのに週明け、新聞とテレビで大々的に報じられたニュースに絶句した。

それは、バラバンの代表である圭介が中心となり、橘トラストホールディングスを訴えるというものだった。

亮平さんの支えになりたいです

「な、なんなの……。これは……」

朝起きて、呆然とテレビの前に立つ。手に持った新聞は、無意識に握りしめていた。

「実和子、新聞がグチャグチャだぞ？」

すでにスーツ姿の亮平さんは、普段と変わった様子はない。クスッと笑って、私から新聞を取り上げた。

「亮平さん⁉　このニュース……」

テレビの向こうでは、圭介たちが橘トラストホールディングスの融資を巡って、脅迫めいたものがあったことを訴えていると伝えている。他にも、理由なく融資を打ち切られたとして、倒産した複数の零細企業の社長が圭介に追随《ついずい》していた。

「ああ。実和子が心配するようなことじゃないよ」

冷ややかな目でテレビを見た亮平さんは、すぐにカウンターテーブルに着いた。そして、私が用意していたコーヒーを口にしている。

「でも、五社も訴えるとか、新聞だって一面で報じられて……」

圭介のよくない噂は、萌さんからも聞いていた。それでも半分意味が分からなかったけど、こういうことだったの……。

「バラバンの代表、小島くんって実和子の元カレだよな？」

亮平さんは新聞に目をやったまま、そう問いかけてきた。

「はい……。大学時代の……。でもあの頃は、今とは違って爽やかで優しい人だったのに……」

「彼、相当俺たち橘に、恨みがあるみたいだな。バラバンの前の代表は、事業に失敗して自殺してるんだ」

「そうだったんですか⁉」

亮平さんの隣に座ると、彼も私に目を移した。

「ああ。調べた限り、小島くんはその人を慕っていて、バラバンの跡を継いだ。で、彼が事業を拡大していきたかったけど、うちが融資を断ったために、行き詰まっているらしい」

「そんな……。それは、逆恨みじゃないですか。だいたい、新しくバーとか開いていたし、そんな風には思えない……」

端々に感じていた彼の嫌な空気や、萌さんが言っていた圭介の黒い噂は、勘違いじゃなかった……。

あまりのショックに口を噤《つぐ》んでいると、亮平さんが優しく頭をポンポンと叩いた。

「実和子が考えることじゃないだろ？　こういうことは、少なからずある。彼は、本当に訴えて勝つとは思ってないはずだよ」

「どういうことですか？」

「橘ブランドに、傷をつけたいだけだろ。実和子に綺麗ごとを言っても仕方ないし、隠すことじゃないから言っておくけど……」

「な、なんでしょうか……」

まだ私の知らない彼がいるのかと思うと、緊張する。

なにを言われるのだろう。

「正直、俺にとっては、彼を潰すのは簡単だ。訴えると騒いでるだけで、訴訟を起こされてるわけじゃない。まあ、起こさせもしないけど」

サラッと言って、コーヒーを飲み干す亮平さんに、私はしばらく呆然とした。

忘れてはいけない。亮平さんのお父さんは経済界のドンで、彼はその跡取り息子。

私が考える〝普通〟とは、違うこともある……。

「ほら、パーティの夜に、彼が連れていた恋人がいたろ？　読者モデルの」

「はい……。エリナさん、でしたっけ？」

「彼女と付き合ったのも、萌と知り合いだから、俺と繋がるためだったみたいだ」

そういう理由で付き合っていたなんて……。昔の彼からじゃ、想像もできない。

「目的を果たしたからか、もう別れたみたいだけどな。実和子、小島くんのこと気になる？」

亮平さんに顔を覗き込まれ、ドキッとしながら首を横に振った。

「なりません。彼には、そもそも未練はないですから。ただ、すごく変わっちゃったなって思って……」

「なにか事情があるんだろうけどな。たぶん、バラバンを大きくしたいという願望が、かなり歪んだ形になっただけなんだろう」

私と別れたのは就職で離れ離れになるからという理由だった。だから、バラバンにこだわるきっかけができたのは、そのあとなんだろう。今となっては圭介の本当の気持ちなんて分からないし、そもそも私には関係ないこと。

「それより、亮平さんは大丈夫ですか？　こんなに報道されたら、仕事にも影響が出そう……」

「そうだな。しばらくは、また仕事漬けになりそうだ」

亮平さんは新聞を閉じて、腕時計を確認すると立ち上がった。

「実和子とは、すれ違いの日々になりそうだけどごめんな」

「気にしないでください。私はどんなときでも、亮平さんを応援していますから」

会社がこんなに大変なときに、亮平さんとすれ違うことが寂しいだなんて言えない。それよりも、彼の体調の方が心配だ。とにかく、体にだけは気をつけてほしい。


「お疲れ、実和子。まだ、仕事するの？　もう二十時よ？」

打ち合わせから戻ってきた優奈が、怪訝そうに声をかけてきた。

「うん。キリのいいところまで、やっておこうと思って……」

「そっか。そういえば昼間、外回りのときに目にしたんだけど、橘副社長たち記者会見したんだね」

「えっ？　そうなの？　実は、三日も会ってなくて、なにも知らないんだ」

記者会見だなんて、そこまで騒動が広がっている雰囲気はないのに。

「そうだったんだ。ちょうど、交差点のところのモニターに映っててね。橘社長や顧問弁護士と一緒に、謝罪と釈明会見をしてたわよ」

「そう……」

あの騒動後、マスコミ対応もあるからか、亮平さんは夜も家に戻ってきていない。もう三日会っていなくて、会社の様子などはまったく分からなかった。本当に訴訟を起こされるのかも不明だし、どうなってしまうのだろう。

「そういえば、顧問弁護士って、隣の事務所の内野弁護士だったよ。夜もニュースでやるだろうし、実和子も帰って見てみなよ」

「うん……。そうする」

内野弁護士って、お父さんと息子さんのどちらだろう。……なんて、そんなことはどうでもいい。ただ、内野法律事務所の弁護士先生たちは、企業の訴訟問題に長けている人ばかりだと聞いている。だからきっと、亮平さんたちは大丈夫。

そう自分に言い聞かせて、仕事を再開させようとすると、優奈がため息をついた。

「実和子が気を悪くしたら申し訳ないんだけど、橘グループって恨みを買ってるんだろうね」

「どういうこと？」

「だって、あれだけ大きな会社で、影響力もあって……でしょ？　今回みたいに、中小企業とのトラブルが多そうだし……」

そんな……。

なにか反論したかったけど、よく知りもしない私が、亮平さんの仕事を分かったように言えない。

彼自身は、橘グループの御曹司だと忘れてしまいそうなくらい普通の人なのに、それでも客観的に見れば、権力のある人に見えるんだろうな……。そして彼の社会的な立場などを考えれば実際にそうで、私はそういう人と付き合っている……。

「橘トラストホールディングスの株も下がってるみたいだけど、私には難しいことは分かんないわ。実和子も大変だろうけど、頑張ってね」

「う、うん……」

私が大変？　そんな風には思わないんだけどな。

釈然としない思いを抱えながら、亮平さんのマンションに戻ったときには、二十二時を過ぎていた。テレビをつけると、ちょうどニュースをやっていて、橘トラストホールディングスの話題になっている。

フラッシュを浴びながら、頭を下げる亮平さんがいた。隣は社長で、端には顧問弁護士と思われる内野弁護士がいた。顔をよく知らなかったけれど、どうやら息子さんの方だ。三十代の若いイケメン弁護士で、左手薬指に指輪をしている。

私には縁遠い世界の人たちの集まりに思えるけど、世間を騒がせたと謝罪している亮平さんは、紛れもなく私の恋人だ。私にとっては、かけがえのない人だから、こういう姿を見るのは切ない。

テレビから目を離せないでいると、リビングのドアが開く音がして、驚いて振り向いた。

「亮平さん⁉」

まさか、今夜帰ってきてくれるとは思わなかった。

三日ぶりの亮平さんは、疲労感は見えるものの、私に笑みを向けてくれる。

「ただいま、実和子。元気だったか？」

「元気です。私は元気ですけど、亮平さんは？　大変だったのに……」

彼に駆け寄り、思わず腕を掴んでいた。

私に心配をさせまいとして、わざと平気なふりをしているのかは分からない。けれど、明るく振る舞う亮平さんが、とても心配になった。

「大丈夫だよ。忙しくても、ちゃんと食事と睡眠は取っていたから」

「本当ですか？」

「ああ。だから、実和子がそんなに心配そうな顔をしなくても大丈夫。俺、シャワー浴びてくるから」

　私の頭をポンポンと優しく叩いた亮平さんは、バスルームへ向かった。

　私のいない時間に着替えを取りに帰ってきていたのは知っていた。だけど私にはワイシャツをクリーニングに出すくらいしかできなくて、どうやったら彼の支えになれるのか、悶々と考えてしまっている。

　お茶を用意しておこうかな……。亮平さんがくつろげるように、できるだけ普段と同じ雰囲気にしておこう。

　しばらくして亮平さんが出てきて、リビングのソファに座った。

「亮平さん、お茶です」

　湯気が立つ湯呑みを差し出すと、亮平さんは穏やかに微笑んだ。

「ありがとう。なんか、いいな。こういうの」

「こういうことしか、思いつかなくて。どうやったら、亮平さんの支えになれるのか、よく分からないんです」

　苦笑いする私を、お茶を飲んだ亮平さんが訝しげに見た。

「支えって……。俺には、きみがいることそのものが支えだよ。なにか、特別なことをしてほしいわけじゃない」

「でも、亮平さんが本当に大変なときに、かける言葉ひとつも思い浮かばなくて……」

「実和子」

呆れたような口調で、亮平さんは私の手を引っ張り、胸元に引き寄せた。

「ずっと言ってるだろ？　側にいてくれるだけでいいって。今夜も、俺が実和子に会いたくなって帰ってきたんだ。分かった？」

額と額をくっつけて、亮平さんは私を優しく見つめる。

こんなときですら、彼に愛されていると実感できて、胸の奥に込み上げるものがあった。

「はい……。ごめんなさい、余計なことを言って。今夜は、ゆっくり休んでくださいね」

この場所を、彼が一番安らぐところにしたい。それが、私にできるのなら……。

「そうだな。実和子を少しだけ感じたら、休むよ」

「え？」

そう思うと同時に、亮平さんの唇が重なった。優しく触れるキスに、私も自然と目を閉じる。

亮平さんの温もりを感じると、こんなにも安心できるんだ……。

「今回は、実和子に心配かけるようなことが起きたけど、気にしなくていい。ニュースで流れていることも、きみが気を揉むことじゃないから」

「ありがとうございます、亮平さん。だけど、亮平さんのことを考えることくらいは、許してくださいね。私、本当に支える存在になりたいので……」

ギュッと亮平さんの体を抱きしめると、彼に押し倒された。柔らかいソファに体が埋もれる。

驚きの目で見ていると、再び亮平さんの唇が重なった。だけど、さっきとは違って、今度は熱くて深いキスだ。舌が強く絡まり、呼吸が乱れる。

「ん……。ふ……」

亮平さんの手が私の体を撫で始めて、声が漏れてしまった。

「実和子、反則だ。そんな風に抱きつかれると、離せなくなる」

「亮平さん……」

彼の首に手を回し、お互いにキスを求め合う。

何度体を重ねても、もっともっと彼の温もりが欲しいと望むほど、亮平さんへの想いを感じていた――。

「やっぱり、安心しますね。亮平さんと、こうしていると」

ベッドで彼に抱きしめられていると、ふとそんな言葉がこぼれた。

「実和子、まだ寝てなかったのか？」

耳元で聞こえる亮平さんの声が、愛おしくてたまらない。この三日間、やっぱり寂しかったのだと気がついた。

「亮平さんだって……。早く寝ないと、疲れが溜まってるでしょ？」

「疲れなんて、取り方はいくらでも知ってる。でも、きみを恋しいと思う気持ちのやり場だけは、見つけられなかったな」

「え？」

ドキドキしながら亮平さんを見ると、キスをされた。

「今までも、実和子と会えない日があって、それでもお互いのためだと割り切ってただけど、今回は少し弱い自分が出たかな」

「弱い自分……？」

「ああ。今回のケースのほとんどが、俺が決裁をして融資を断わっているものでさ。そういうのは、気にならないはずだったんだけど、さすがに応えたみたいだ」

自嘲気味の亮平さんに、私は強く言った。

「なにも思わない方が変です！　周りがどう言おうと、私は亮平さんの味方ですから。

亮平さんが、本当はとても情のある人だと知っています」

ビジネスのことは分からないけど、彼がなんの考えもなしに融資を断るはずがない。圭介のことにしたって、黒い噂がある人なんだし、それなりの理由があったはずだ。

私は、そう信じてる。

「ありがとう、実和子。そろそろ寝ようか。そして、明日からも俺の側にいて」

「はい。もちろんです……。おやすみなさい、亮平さん」

朝になり、亮平さんは早くに出ていった。

会社の状況は、落ち着いたら改めて聞いてみよう。今は、ただ普通に彼の側にいることが大事だから……。

いつも通り支度をし、出勤するためにマンションを出る。すると、すぐ声をかけられた。

「よお、実和子。久しぶり」

「圭介⁉」

なんで、圭介がここにいるの⁉

ニヤッとした顔を向けられ、恐怖を覚える。私が知っている優しい彼は、とっくに消えていた。

「そんな顔するなって。お前に会いに来たんだからさ。それにしても、橘副社長は立派なマンションに住んでるんだな」

タワーマンションを見上げた圭介は、嫌みっぽく言った。

「圭介、悪いけど私仕事だから。もう行くね」

「おっと、待てって。俺はお前に用事があるんだよ」

「えっ？」

強引に腕を掴まれた途端、口元になにかを当てられた。白いハンカチのようなもの……。それだけは認識できたけど、そこから先の記憶はなくなった——。


「ん……」

頭が痛い……。

体に倦怠感を覚えながら目を開けると、私は見覚えのないベッドに横たわっていた。

そして、圭介が冷たい顔で私を見下ろしている。

「け、圭介⁉　ここはどこなの⁉」

思わず飛び起きようとして、彼に無理やり腕を押さえつけられた。

「騒いでも無駄だよ。ここは別荘地帯で、周りには誰もいない。そんな心配しなくても、命まで取らないって」

恐怖で言葉が出てこないほど、圭介は冷たい視線で見ている。

「ちょっとお前の体が欲しいんだ。少しだけ我慢してくれるか？」

圭介がそう言うと、奥から男がふたり出てきた。同じ年くらいの派手めな男で、ニヤッとしていて不気味だ。

「や、やめてよ。圭介、なにが目的なの？」

「なにって、橘を傷つけたいだけだよ。あいつ、さすが権力者だけあって、俺たちを潰しにかかってる」

圭介は顔を近づけて、私の顎を強引に引き上げる。

「まあ、それは想定の範囲内で、次は実和子。お前を犯すこと。橘、どうするかな？きっとお前のことを捨てるんじゃねえ？」

「本気で言っているの……？」

「当たり前だろ？　遊びでするかよ。ごめんな、お前に恨みはないんだ。むしろ、忘れてたくらいだし」

忘れていた？　私は、圭介との思い出は、最後は切なくても、大事な思い出のひとつだったのに……。

「橘を、とことん傷つけたいんだ。あいつは、俺が朝田《あさだ》さんから引き継いだバラバンの経営にケチをつけやがった」

朝田さんというのが、どうやらバラバンの前代表らしい。そんなに、その人を慕ってるんだ……。

「亮平さんは、ケチをつけたわけじゃない。融資ができないと判断した、それなりの根拠があったってことよ」

声を震わせながら、そう反論したけれど、圭介はきつく私を睨んだ。

「分かったように言うなよ。俺はな、仕事に挫折したときに救ってくれた朝田さんと、バラバンを大きくするって約束したんだよ」

「それは、圭介の個人的な都合でしょ？　完全な逆恨みじゃない」

「黙れよ！　まあどうせ、すぐになにも言えなくなるだろうけどな」

「え？」

ニヤリとした圭介は、私のシャツを引き裂くように脱がせた。

大きな愛で包まれています

「ちょ、ちょっとやめてよ！」

「やめねえって。俺だけじゃなくて、あいつらも相手してやるんだから、お前も楽しめよ」

圭介は視線をほんの一瞬、後ろへ向けた。

まさか、私を襲うためにあのふたりもいるの？

「やだ……。こんなことしてなにになるの？」

体が震えて、声もあまり出てこない。

圭介の冷たい眼差しで、脅しではなく本気だと分かった。

「橘にショックを与えられるだろう？　それだけで十分だよ。残念だったな、実和子。もう少しで玉の輿だったのに」

圭介は自分のズボンに手を伸ばし、ベルトを外し始めた。

「い、嫌よ……。本当にやめて！」

泣き叫ぶ私に、圭介は体ごと覆い被さった——。

「少し落ち着いた？　もうすぐ、橘さんが来られるわよ」

「えっ？　亮平さんがですか？」

婦警さんに温かいお茶を差し出され、湯呑みから温もりを感じて少しホッとする。

警察署に保護された私は、署内の個室で毛布にくるまれていた。

「とても心配されてた。あなたの服を持ってきてくれるって」

「そうですか……」

心配させた上、迷惑までかけてしまった……。仕事が忙しいのに、私のために来てくれるんだ。

だけど、どんな顔をして会おう。あまりにも、気まずい。

「橘さんに事情を説明したかったんだけど、かなり取り乱されていたから、まだ話ができてないの」

婦警さんは私の隣に座ったまま、申し訳なさそうに言った。

「じゃあ、かなり心配してますね……。ホント、迷惑かけちゃった」

呟くように言うと、婦警さんは首を横に振った。「違うわよ。悪いのは、小島たちでしょ？」と言われたとき、ドアがノックされて亮平さんが入ってきた。

「あ、亮平さん……」

思わず立ち上がると、亮平さんはドアの前で立ち尽くしたまま、呆然と私を見ている。

服を破られて、毛布にくるまれている私の姿は、亮平さんが状況を理解するには、時間が必要らしかった。

「頬に傷があるじゃないか……」

ようやく亮平さんが口を開いたけど、顔も声も強張っている。

「これ？　圭介に叩かれて……」

引っ掻き傷ができている頬に手をやった途端、亮平さんが駆け寄り、私を抱きしめた。彼の持っていたアタッシュケースと紙袋が、鈍い音を立てて床に倒れる。

「亮平さん、婦警さんもいらっしゃるので……」

戸惑いながら言った私の言葉に、亮平さんはなにも返さない。ただ強く抱きしめた。

「俺は、実和子に対する愛情に、なにひとつ変わりはないから。怖かったろ？　守ってあげられなくてごめん……」

亮平さんの震えが伝わってくる。

どんな私でも、受け止めてくれるんだ……。

彼に会えて安心できたのか、涙がこぼれ落ちてきた。

「亮平さん……。すごく嬉しいです。こうやって来てくれたことも」

「当たり前じゃないか。俺にとって実和子は、かけがえのない存在だから」

亮平さんはしばらく私を抱きしめたあと、婦警さんに頭を下げた。

「お世話になり、ありがとうございました」

私たちのやり取りを、静かに見守ってくれていた婦警さんが、小さな笑みを浮かべた。

「いいえ。橘さんが通報してくださって、よかったです」

「えっ？　亮平さんが？」

どうして……？

疑問に思っていると、「あとで話すよ」と言われてしまった。

「それから橘さん、まだ大事なことがお話できていないんです」

「大事なこと？」

亮平さんは、訝しげに婦警さんを見ている。

「ええ。今回の事件は、暴行に関しては未遂です。要するに……」

言葉を選んで口ごもる婦警さんに、私はフォローを入れた。

早く、亮平さんの誤解も解きたい……。

「私、圭介たちにはなにもされてないんです。間一髪のところで、警察の方が来てくれて……」

そう、圭介たちに乱暴されそうになった瞬間に、パトカーのサイレンが聞こえて、彼らは窓から逃げようとしたところを捕まえられたのだった。

「本当か……？」

「はい。……キスすらされていません。ただ、服はこの通りですけど」

亮平さんは、少しホッとした表情を浮かべたものの、またすぐに険しくなった。

「でも、実和子を傷つけたことに変わりはないから。俺は絶対に、あいつらを許しはしない」

「亮平さん……」

もしかして、私が考えている以上に、亮平さんから愛されているのかな。

そう思えるくらいに、心が温かくなっていく。

圭介たちにされたことは、思い出したくもない。

だけど、亮平さんがいてくれるなら、心の傷はきっとすぐに癒えるはず……。

署内で、亮平さんが持ってきてくれた服に着替えて、マンションへ帰った。

今朝は、無断欠勤になっていることを不審に思った原田部長が、亮平さんに問い合わせたらしい。私に電話が繋がらないと聞かされた亮平さんは、真っ先に圭介を疑ったとか。

圭介は、資金繰りに不法な部分があったり、人脈にも問題があったりと、以前から警察からマークされていたと亮平さんが教えてくれた。そんな中で橘トラストホールディングスへの訴訟騒ぎを起こし、より彼に対する監視が厳しくなったという。

「実和子が連れていかれた場所は、いわゆるアジトってやつで、目をつけられていた場所みたいだ」

「そうなんですか⁉」

寝支度を整え、ベッドに座って話を聞いていると、亮平さんが隣に腰を下ろした。

「ああ。女性の暴行に関しては、余罪があるみたいだな」

知らなかった……。余罪って、他にもあんなことをしていたというの？

いつの間に、彼は変わってしまったんだろう。考えても仕方ないのに、切ない気持ちが込み上げる。

「実和子、明日は休んでいいと原田部長が言っていた。俺も仕事を休むから、気持ちを整理していこう」

「えっ!?　いけませんよ。亮平さんまで、仕事を休んじゃ……」と言うと、亮平さんはゆっくり首を横に振った。

「実は、今回の事件は、世間的にニュースになってしまったんだ。報道自粛は依頼してるけど、きっとマスコミが押し寄せてくるだろう」

「そんな……」

「立派な刑事事件だからな。それに、小島は訴訟の件でも注目されてたから、余計に目立ったんだよ」

亮平さんは、苦々しそうな顔をして続けた。

「だから、実和子のご両親も心配されてる。最初は原田部長がフォローしてくれたんだが、そのあとに俺からも謝罪の電話をした。だけど、直接お詫びをしたいから、明日お会いする約束をしたんだ」

いつの間にそこまで……。

それも、私の両親に会ってくれると、即断してくれた気持ちが嬉しい。

「ありがとうございます。でも、亮平さんが謝ることじゃないです……」

「俺の問題で巻き込んだんだ。謝るのは当然だろう?」

「でも……」

その瞬間、亮平さんが抱きしめた。

「きみが、そんなに気を使う必要はない。とりあえず、今夜はゆっくり寝よう。もう、余計なことは考えるな」

「はい……」

どれほど、亮平さんに心配をかけただろう。婦警さんも、彼が取り乱していたと言っていたっけ。

それでも、原田部長や両親と連絡を取ったり、私を迎えに来てくれたり、そのときの亮平さんの姿を想像すると、泣きたくなってくる。

今夜は、彼の言葉に素直に従おう。

亮平さんは、ベッドの中でも優しく私を抱きしめてくれていた。私もその温もりの安心感から、あっという間に眠りについていた……。


翌朝、少しゆっくり起きると、テレビは昨日の圭介の事件でもちきりだった。私のことは、亮平さんの恋人として紹介され、それが余計に話題を大きくしている。

圭介には、違法な融資取引や、脅迫罪に暴行罪などが明らかにされ、橘トラストホールディングスを訴えるという話題は、まるで彼の暴走のように捉えられ始めた。

「結局、圭介と橘トラストホールディングスを訴えると追随した人たちも、正当な理由での融資断りだったんですね」

そのこともニュースで伝えられている上、いつかお世話になった西口家具の西口社長が出ていて驚いた。社長は、今回の件について反論していて、自分は亮平さんたちに救われたと強く説明している。

これだけ騒ぎが大きくなっていることに驚きを感じながら、テレビに食い入っていると、亮平さんが消してしまった。

「今は見ないでいよう。実和子は傷ついたばかりなんだ。小島の報道を無理に聞く必要はないよ」

「は、はい……」

亮平さん、今日休んで本当に大丈夫だったのかな……。また明日から、きっと忙しい毎日なんだろうし……。


支度を済ませた私たちは、亮平さんの車で私の両親のもとへ向かった。ここから約一時間半ほどの閑静な住宅街に、私の実家はある。

「綺麗な家が並んでるんだな。北欧風が多い……」

亮平さんは車を運転しながら、感心したように言った。

「はい。ここは、まだ完成して数年の場所なんです。立地が気に入ったとかで、両親が家を購入して……」

「そうなのか。静かでいいな」

亮平さんは私の案内通りに車を進め、住宅街の奥にある実家の前で停まった。

「ここから、街が見下ろせるのか。景色のいい素敵な場所じゃないか」

「特に父が気に入ったみたいで」

苦笑いをする私は、家のチャイムを鳴らす。

実家も北欧風のベージュが基調の建物で、玄関先には花の鉢植えが置かれていた。ほどなくして母がドアを開けてくれたけれど、その顔は険しい。一瞬怯んだ私は、口ごもりながら言った。

「橘さんと、来ました……」

「初めまして。このたびは、ご心配をおかけして、申し訳ありません」

亮平さんが頭を下げると、母は淡々と応えた。

「どうぞ、中へ」

私の母は、いわゆるキャリアウーマンで、大手化粧品メーカーで部長を務めている。

綺麗で凛とした雰囲気の母は、日頃から厳しい人で、今回の件をどう思っているのか不安だった。

大きな掃き出し窓が自慢の開放感溢れるリビングに通されると、ソファに座っていた父が立ち上がった。

大手総合商社に勤める父は、海外を転々としていたけれど、母の仕事の都合で単身赴任ばかりだった。そして定年を数年後に控え、今は本社で人事部長を務めている。穏やかな性格をしている自慢の父だ。

「橘さん、このたびはご足労をありがとう」

「とんでもないです。大事な娘さんを危険な目に遭わせてしまい、大変申し訳ありませんでした」

頭を下げる彼に、母は冷たく言った。

「立ち話をされても迷惑ですから、座ってくださいます？」

「あ、すみません」

亮平さんは母に促され、父の向かいのソファに座る。私は彼の隣に腰を下ろすと、母をおずおずと見つめた。

さっきから、亮平さんに対する態度が、少しきつい気がする。トゲのある言い方が、気になっていた。

「まったく、娘の男性を見る目のなさには、呆れ返っています」

母は父の隣に座った途端、そんなことを口にした。あまりに露骨な言葉に、呆気に取られる。

「橘さんがどのような立場の方かは、存じ上げています。ですが、あなたの肩書きだけで、交際を賛成することはできません」

「お母さん⁉」

思わず身を乗り出すと、亮平さんに制されて、仕方なく座り直した。

「もちろん、分かっています。今度のことは、彼女の実名も晒《さら》されてしまい、本当に申し訳なかったと思います」

「ちょっと待ってよ。悪いのは圭介で、亮平さんじゃない！」

強い口調で反論したものの、母は表情ひとつ変えずため息をついた。

「小島くんね。記憶にはあるけど……」

圭介のことは両親にも紹介していて、母とも数回会ったことがある。あのときも、交際にはあまり好意的ではなかったけど、母はどんな人なら納得するのだろう。

「結果的には、実和子さんを僕のトラブルに巻き込みました。本当に、申し訳ありませんでした」

頭を下げる亮平さんに対して、なにも声をかけない母に、私はだんだん苛立ちを募らせた。

「お母さん、亮平さんは仕事を休んでまで、今日来てくれたのよ？　それなのに、なんでそんなに冷たいの？　なにか声くらいかけてよ」

「実和子」

亮平さんは小さな声で、たしなめるように私を呼んだ。だけど、今ばかりは素直に聞けない。

「橘さんは、娘との交際を続けるつもり？」

なにを言うのかと思えば、不躾《ぶしつけ》すぎる母の言葉にいたたまれなくなる。

それなのに亮平さんは、母と真摯に向き合ってくれていた。

「はい。僕は、実和子さんとの将来を真剣に考えています。そのご挨拶には、改めて伺いたいと思っています」

キッパリと言ってくれた彼に、私は心が満たされる思いだ。だけど、母の反応が気になり、すぐ目を移した。

「そう……。あ、私はそろそろ出勤しなければいけないので、今日はお引き取りください」

素っ気なく言って立ち上がると、母はリビングをあとにした。

最後まで、なんで愛想がないんだろう。母は亮平さんのどこが気に入らないというのか。

「帰りましょう、亮平さん」と言うと、それまで黙っていた父が口を開いた。

「橘さん、妻の気持ちも汲み取ってやってください。あんな素っ気ない言い方しかできませんが、娘を心底心配していたんですよ」

父は申し訳なさそうな笑みを浮かべて、亮平さんに言った。

亮平さんは父に向き直ると、背筋をさらに伸ばした。

「はい、もちろんです」

父は満足そうに頷いて、今度は私に目を向ける。

「実和子、昨日は母さんは仕事を早退して、お前を探しに行くんだと、かなり取り乱していた。無事だと知らせが入って、泣き崩れていたよ」

父の説明によると、原田部長から母に私が行方不明だと連絡が入り、相当混乱したらしい。母が父に連絡をしたときには、ほとんど会話にならなかったとか。その後、亮平さんから無事だったと報告を受けたとのことだった。

「お母さんが……?」

そんなに私のことを心配していたの？　いつだって、冷静で凛としている母が……。

「橘さんとの交際には驚いたが、こうやって来てくれて、誠実な方に見受けられた。母さんもきっと、分かってくれる」

父の言葉に、私は黙って頷いた。

「それでは、改めてご挨拶に伺います」

「待っていますよ、橘さん」

亮平さんに優しく背中を支えられ、私たちは実家をあとにした。


「素敵なご家族だな」

帰りの車の中で、亮平さんはハンドルを握って前を向いたまま言った。

「実は私には兄がいて、今は香港《ほんこん》に赴任しているんです。兄は優秀だから、両親の関心は兄ばかりだと思ってたんですけど……」

「お兄さんがいたのか」

目を丸くする亮平さんに、私はクスッと笑った。

「はい。とても素敵な兄なんですよ。優しくて、カッコいい自慢の兄」

「そうか。どんな方なのか緊張するけど、お兄さんにもお詫びしないとな」

「亮平さんのせいじゃないです。それより、今日はありがとうございました。仕事まで休んで、両親に会ってくれて……」

圭介が捕まったとはいえ、問題はまだ山積みだろう。亮平さんが大変なのは、簡単に想像できる。

「当たり前のことだろう？　これからは、今までよりずっと実和子を守るから。俺が必ず側にいる」

「はい……」

昨日の出来事は、思い出すだけで苦しくなる。

だけど彼の力強い言葉に、かなり救われていた。

永遠の愛を誓い合います

　圭介の一件では、原田部長だけでなく、事務所の人たち皆に心配をかけてしまった。それでも出社した私を、いつもと変わらず温かく迎え入れてくれたことに感謝でいっぱいだ。元カレに襲われかけたことを知られてしまったけれど、それを口に出さないでいてくれている。その気遣いも含めて、お礼の言葉だけじゃ足りなくて、さらに仕事に邁進《まいしん》していた。

「広瀬、今夜のパーティには顔を出すのか?」

　原田部長がそう聞いてきた。

　パーティというのは、イルビブのオープン記念パーティだ。十九時から本店で行われ、マスコミも駆けつけて派手なものになると聞いている。邪魔になるだろうと、足を運ぶのを遠慮するつもりでいたら、貴也さんに招待された。

「はい。でも、かなり来客も多いと思われるので、早めに帰るつもりなんです」

「そうか。VIPの集まりになると聞いてるからな。俺の分まで、しっかり雰囲気を味わってきてくれ」

「はい」

部長はどうしても外せないアポがあり、参加できないのを残念がっていた。

原田部長に挨拶を済ませ、事務所をあとにする。

高級ブランド店が立ち並ぶ通りにできたイルビブの店には、すでにマスコミが詰めかけている。それが見えて、少し離れた場所で足が止まった。

「この中を縫って入るのは、結構勇気がいるかも……」

圭介の事件以来、マスコミが苦手になっている。しばらくは、歩いていても突然、取材依頼を受けたりしたくらい。週刊誌にも、圭介との交際内容が書かれたりして、誰が話題を売ったのかを考えて人間不信に陥ったりもした……。

「実和子、俺と行こう」

不意に声をかけられ振り向くと、亮平さんが苦笑をして立っている。

「亮平さん⁉」

「だから、一緒に行こうって言ったのに。無理して、ひとりで頑張ろうとしなくていいんだ」

亮平さんはそう言って、私の腰に手を回す。

「裏から入れるから」

「あ、ありがとうございます……」

パーティには、もちろん亮平さんも招待されていて、一緒に行こうと言われていた。

それは、私の中でまだ圭介の事件が尾を引いていることを、分かってくれているから。

だけど私は、あれから一カ月近く経つこともあり、自分の力で乗り越えたかった。

だから、彼の好意を素直には受け入れられなかったけれど……。

「俺は、きみに無理をしてほしいわけじゃない。頑張る実和子が好きだけど、つらいことはつらいと言っていいんだから」

「はい……」

橘トラストホールディングスの融資を巡るトラブルは、相手方の逆恨みという印象で収束した。

だけどそれは、亮平さんたちの権力がそうさせたんじゃない。西口家具の西口社長や、亮平さんたちに救われたという中小企業の社長たちの訴えが、世論に響いたからだ。そんな橘トラストホールディングスも、それを受け継ぐ亮平さんも心底愛しく思う。

相変わらず仕事が忙しい中でも、こうやって私を心配して支えてくれる……。

そんな彼の優しさが、痛いほどに伝わってきた。

「よお、亮平。それに、広瀬さん久しぶり」

裏口から入ると、すぐの部屋に貴也さんがいた。そこは来賓《らいひん》の控室になっていて、芸能人やスポーツ選手などそうそうたる人たちが顔を揃えている。

「お久しぶりです、貴也さん。本日はお招きありがとうございます」

圧倒されつつ貴也さんに挨拶をすると、人の輪の中から、萌さんがやってきた。

彼女とは、亮平さんのマンションで会ったきりで、緊張してしまう。

萌さんは、クリーム色のサテンのドレスを品よく着こなしていた。そのかわいさは、悔しいけれど目を見張るほどだった。

「亮平くん、広瀬さんお久しぶり。今夜はゆっくりできるんでしょ？」

萌さんが、亮平さんへの未練をキッパリ断ち切ったのか、本音の部分は分からない。だけど、目の前の彼女はこれまでになく明るい笑みを浮かべていて、左手薬指には大きなダイヤの指輪があった。

「いや、俺は車だから酒は無理だし、挨拶をひと通り済ませたら帰るよ」

「あの、私も早めに失礼します。今回は、取引先の人間として、ご挨拶に来ただけですので……」

事前に、その旨は貴也さんに伝えてある。女性が皆ドレスアップをしている中で、私だけビジネススーツだし、場の雰囲気からは浮いている。

「そうなんだ……。残念」

萌さんはガッカリしたように言うと、貴也さんにパーティの段取りの確認をし始めた。

ふたりは結納を済ませ、結婚式の日程も決まったらしい。今回のパーティも、婚約者として萌さんが裏でサポートしているそうだ。

ふたりの姿を見ていると、まるで夫婦のように息が合っている。ふたりは幼馴染だし、貴也さんはずっと昔から萌さんが好きだったのだから、当然といえば当然なのかもしれないけど……。

「じゃあ実和子、帰るときは声をかけるから、ひとりで帰るなよ?」

「はい」

亮平さんに耳打ちをされ、小さく頷く。

彼は早々に、知り合いらしき男性の輪の中へ入っていった。皆三十代前半くらいのイケメンばかりで、いつか行ったパーティのときに会った人たちとは違う。

亮平さんの人脈の広さを改めて知って、感心してしまった。

「私、二階のフロアを見てくるから。それじゃあ、広瀬さん、また……」

萌さんは貴也さんにそう言い、私に小さく会釈をすると部屋を出ていった。

「なあ、広瀬さん。もう一回、店内見ておく？　気になるだろ？」

貴也さんの提案に、私はふたつ返事をした。

「ぜひ。拝見させてください」

完成時にはもちろん確認をしたけど、今は商品が並べられ、よりイルビブらしさが出ているはずだ。その様子を見たかっただけに、貴也さんの提案はありがたかった。

まだパーティは始まっておらず、店内はシンと静かだった。

イメージした通り、商品が入るとより洗練された印象になっていた。壁に沿って作られた棚は黒、店の中央に置く棚は白やベージュを使い、暗い印象にならないようバランスを取っている。そしてダウンライトの照明が商品を効果的に演出していた。

自分の力が少しでも役に立てたのなら、光栄なことだと思った。

「ありがとうな、広瀬さん。いろいろと」

貴也さんは私の隣に並ぶと、清々しい口調で言った。

「いえ……。いろいろって、どういう意味ですか？」

不審げに問いかけると、貴也さんは含み笑いをした。

「いろいろだよ。願っていたものは、全部手に入れたって感じ」

「……それって、萌さんのことですか？　それなら、お礼を言われる筋合いはありません。貴也さんのためにしたことは、仕事以外ありませんから」

そう言うと、貴也さんはクックと笑った。

「相変わらず、気が強いな。それに、ちゃんと意味を分かってるじゃないか。広瀬さんが、亮平を捕まえてくれてよかった」

「捕まえたって……。なんだか、感じの悪い言い方ですね」

「これから先、そんな嫌みはかなり言われると思うよ。あいつのことを狙ってる女は、山ほどいるから」

そんなことは分かっているつもりだけど、いざ言われると不快だ。まるで打算で、亮平さんと付き合っているみたいに聞こえるから。

私には、彼がどんな立場でも関係ない。たまたま、御曹司だっただけで……。

「亮平のことを純粋に好きなのは、萌だけだと思ってた」

「え？」

不意に言われたその言葉に、私は少し混乱した。

「なにせ、あのルックスと肩書きに頭のよさだろ？　亮平の上辺だけで寄ってくる女はゴロゴロいる。だけど広瀬さんは、違うみたいだな」

「当たり前です。私は、亮平さんが御曹司でなくても構いません。彼自身が側にいてくれるなら、それだけで幸せですから」

ムッとして答えると、貴也さんは吹き抜けになっている二階のフロアに目をやった。ここからでは見えないけれど、萌さんがパーティの準備をしているはずだ。

二階を見上げながら、貴也さんは呟くように言った。

「あいつも、それくらい言えたら、違う未来があったんだろうにな……」

「貴也さん？」

意味深な発言が気にかからなくもないけど、私が深入りすることじゃない。

呼びかけてみたものの、それ以上つっこんで聞くつもりはなかった。

「なんでもない。俺と萌も幸せになるから、広瀬さんもお幸せに」

サラリとそう言った貴也さんは、控室へ戻ろうと促した。

きっと萌さんは、完全に亮平さんを吹っ切れているわけじゃないんだろう。でも、一生懸命に前を向いている、それは分かったような気がした。


しばらくして、パーティが始まり、華やかな装いのゲストたちが談笑している。マスコミも入って賑やかになったところで、私は店をあとにした。

亮平さんに待っているよう言われているから、裏口付近に立っていると、ほどなくして彼が出てきた。

「実和子、待ったか？」

急いで出てきたのか、亮平さんは少し息を切らせていた。

「いいえ。さっき出たばかりだったので。そんなに急がなくても、大丈夫ですよ」

クスクス笑う私に、亮平さんは小さな笑みを見せた。

「ちょっと気が急いていたかな。今夜は、実和子に話したいことがあって、絶対に一緒に帰りたかったんだ」

「私に……？　なんの話ですか？」

改まって話だなんて、なんだろう？

緊張と不安すら頭をよぎったとき、亮平さんは構わず私の手を取った。

「ついてくれば分かるから」

「えっ⁉」

半ば強引に連れられるように、亮平さんに引っ張られた。車で来ていると言っていたから、駐車場へ向かうのかと思ったら、そうではないみたい。五分ほど通りを進んでいくと、小さな石造りの建物の前で止まった。

テレビで何度か見たことのある高級フレンチ店だ。芸能人もお忍びで訪れるという、セレブ御用達の店だけど……。

「亮平さん、今夜は貸切って書いてありますよ？」

ここへ入るつもりだったのかもしれないけど、小さな黒板に貸切のお詫びが書いてある。だけど亮平さんは構わずドアに手をかけた。

「そうだよ。貸切。今夜は、実和子と俺の……」

「えっ？」

彼に肩を抱かれて店に入ると、ほのかに照明が灯る瀟洒《しょうしゃ》な洋館のような空間が広がった。だけど店員さんは出迎えない。それどころか人の気配を感じなかった。

そのままホールを抜けて、中央のテーブルまでやってくると、ボックスに入った綺麗なピンク系のプリザーブドフラワーが置かれてあり、小さなキャンドルが灯されていた。

「亮平さん、いったいこれは……？」

状況が飲み込めない私に、亮平さんはクスッと笑った。

「実和子、本当に忘れてるんだな。今日は、きみの誕生日だろ？」

「あっ⁉　そういえば……」

すっかり忘れていた。仕事が忙しかったのと、今夜は貴也さんのパーティに行かなければいけなかったのとで、自分のことは抜けていた。

「そういうところ、実和子らしいな」

亮平さんに促されるまま、席に着く。

この華やかなプリザーブドフラワーは、私へのプレゼントのようだ。

「誕生日、おめでとう」

「ありがとうございます……」

まさか、そのために貸切にしてくれたの?

思いがけないサプライズに感動して、涙が浮かんでくる。

「それと、もうひとつ。これは、誕生日プレゼントとは違うけど……」

亮平さんがジャケットのポケットから取り出したのは、白い小さな四角い箱だった。

「これって……」

まさか指輪……?

ドキドキしながら見ていると、亮平さんが箱を開ける。そこには、目を見張るほどの大きなダイヤの指輪があった。眩しいくらいに光り輝いている。

「実和子、俺と結婚してほしい。どんなときも、必ず側にいて幸せにするから」

「亮平さん……」

どうしよう……。涙が止まらない。

嬉しくて、嬉しすぎて、とめどなく涙が溢れ出てくる。

「幸せにしたい、きみを」

「ありがとうございます……。よろしくお願いします……」

亮平さんは私の左手を取り、スルリと薬指に指輪をはめた。指からこぼれ落ちそうになほどに、大きなダイヤだ。

「これからも、絶対に離さないから。実和子は、ずっと俺のものだ」

サプライズプロポーズのあとは、奥にいたと思われる店員さんが、「おめでとうございます！」と言いながら三人ほど出てきた。

会話をしっかり聞かれていたのかと思うと恥ずかしい。

ここは亮平さんの常連のお店で、たびたびお友達と訪れていると教えてもらった。建物や内装のセンスが抜群で、私に気に入ってもらえるだろうと思って、ここでプロポーズをすると決めたらしい。

そんな彼の気遣いも、とても嬉しかった。

そのあとは、フレンチのコースを味わい、お店からのプレゼントとして、バイオリンの生演奏をもらった。

そんな贅沢な時間を堪能させてもらいながら、これからはもっと亮平さんを支えたいと決心していた……。


プロポーズをされてから半月後、私と亮平さんは再び実家を訪れた。

初対面のときはあんなにトゲのある言い方をしていた母だったけど、今回は感じよく対応してくれて、すんなり結婚を許してもらえたから拍子抜けだった。それは父曰く、『橘さんが会いに来てくれて、彼の誠実さが伝わったんだろう。実和子が幸せになれると、確信できたんだと思う』と……。

ひと安心しているのもつかの間、今度は亮平さんのご両親に会わなければいけない。

彼のお父さんは〝経済界のドン〟と言われるほどの人。

私みたいな普通の人間を結婚相手として認めらもらえるのだろうか……。

今から胃が痛くなってくる。

大安吉日、空も青く澄み渡り、絶好の挨拶日和だ。

今私たちは、亮平さんの実家の目の前に立ち、まさにインターホンを押す手前だ。

「実和子、緊張してる」

亮平さんはクスッと私を見て笑った。

そんな彼を、わざとらしく睨みながら応える。

「当たり前じゃないですか。これから、亮平さんのご両親に会うんですよ？」

亮平さんの実家は、高級住宅地の一角にあった。著名人が多く住むエリアで、家の価格が平均で数億と聞いている。そんな場所に案内されて、緊張しないわけがない。

「大丈夫だよ。俺がいるだろ？」

優しく微笑まれて、私も自然と口角を上げていた。

「はい……」

やっぱり、亮平さんがいてくれるだけで、心が満たされる思いがする。

ご両親に、結婚を許してもらえるかは不安だけど……。

亮平さんの実家は、高い壁に囲まれていて、門の外からでは様子が分からない。

どんな感じなんだろう。

ドキドキしながら、亮平さんがインターホンを鳴らすのを見る。

するとほどなくして、優しそうな女性の声がした。

「亮平、お帰りなさい。今開けるわね」

門のロックが外され、彼に促されるまま、中へ入った。

亮平さんの実家は、とにかく豪華だ。建物は三階建てで、二階のバルコニーがとにかく広い。芝生が敷かれた庭にはプールがあり、綺麗に手入れされた木や、品よく咲き誇る花など、南欧風のこの建物をより上品な印象に引き立てていた。

「初めまして、実和子さんね？　亮平の母です」

「は、初めまして。広瀬実和子といいます」

玄関で頭を下げながら、心臓がバクバクしている。

亮平さんのお母さんは、思った通り上品な雰囲気の方だった。小柄でほっそりとして、綺麗な二重の目に薄い唇。ところどころ笑い皺ができるのも柔和な雰囲気に見せている。

「お父さんもお待ちかねよ。さあ、こちらへ」

「はい……」

お母さんが気さくな感じの人でよかった。だけど、お父さんはどんな人だろう。

亮平さんに目を向ける余裕もないまま、広いリビングへと通された。そこには、グランドピアノや観葉植物に、希少価値のありそうな骨董品《こっとう》など目を見張るようなインテリアばかりがある。中央にある柔らかそうなベージュの革張りソファに、亮平さんのお父さんが座っていた。

「広瀬さんだね。待っていたよ」

お父さんは、目が鋭くとにかくオーラに圧倒される。だけど、ただ威圧感だけを感じるわけじゃないのは、表情や声がどことなく亮平さんに似ているからだ。

おかげで、少しだけ緊張がほぐれた。

「初めまして、広瀬実和子です」

「亮平から聞いてるよ。とにかくふたりとも座りなさい」

お父さんに促され、亮平さんとソファに座る。

お母さんはハーブティを持ってきてくれると、お父さんの隣に座った。

「親父、母さん。今日ここへ来たのは、実和子との結婚を許してほしいからなんだ」

亮平さんがストレートに切り出すと、お父さんは頷いた。

「構わない」

えっ!? そんな簡単に許してもらえるの!?

もっと難色を示されると思っていたし、質問攻めも覚悟していた。それなのに、なんでそんなあっさりと……。

「実和子さん、亮平からあなたの人柄や仕事ぶりなどは聞いてる。私は、息子の結婚相手が、女優やモデルでなければ、特別反対する気はない」

私の心を見透かしたのか、お父さんがそう言った。

「お父さんはね、息子の地位目当てに近寄ってくる女性と、派手な職業が大嫌いなの」

お母さんがクスクス笑いながら、説明してくれる。

「その点、実和子さんは誠実そうな方だし安心したわ。以前の事件では、つらい思いをしたわね」

一瞬、お母さんの表情が曇った。

「いいえ。あのときも、亮平さんに助けていただきました。いつだって、私を守って支えてくださる方ですから……」

「それならよかった。私たちは、亮平が選んだ女性なら、信じているから。よろしくね、実和子さん」

「はい。よろしくお願いします」

もっともっと、怖い人たちを想像していた。だけど、〝普通〟の人たちだ。

「ただひとつ、式場はこちらで決めさせてもらえないか？　やはり立場上、どこでもよいというわけにはいかないのでね」

お父さんの言葉に、私は強く頷いた。

憧れだったハワイでのチャペルは、もう諦めている。ただ、あそこも橘グループ所有のものだし、いつかきっと、見に行けると信じて……。


「今日は、ありがとうございました」

「また来てね。亮平も、実和子さんを大切に」

「分かってるよ。じゃあ、親父、母さんまた」

挨拶を済ませ、私たちは亮平さんの実家をあとにした。

ふたりで歩きながら、呆然としている私の手を、亮平さんは強く握った。

「ボーッとしてる。まだ、夢見心地？」

「だ、だって、亮平さんのお父さんに言われた式場が……」

まさか、憧れのハワイのチャペルだったなんて……。

私はてっきり、都内のホテルだと思っていた。だけど、お父さんが言うには、橘のブランドをよりグローバルなイメージで固定させたいらしい。そこで、海外グループの中でもセレブ層に人気の高いハワイのチャペルで結婚式をしてほしいということだった。経済界の関係者を招いた披露宴は後日、都内の橘ホテルで行うことになるが、ハワイのチャペルで結婚式ができるなんて夢のようだった。

「実和子のご両親は、賛成してくれるかな?」

ふと心配そうに呟く亮平さんに、私は笑顔で返した。

「大丈夫ですよ。ふたりとも、海外慣れしていますから」

そう言うと、亮平さんはホッとしたような表情をした。

そしてしばらく歩き、車を停めてあるパーキングへ着いた。

今日は、ガレージに車を停めるスペースがないからと言われていたのだ。亮平さんは『だから、使わない車は売れと言っているのに』とブツブツ言っていたっけ。

車に乗り込むと、エンジンをかける前に亮平さんが私に向き直った。

「実和子、必ず幸せにする。だから、なにも不安になることなく、俺の奥さんになってほしい」

「亮平さん……。はい。私、なにも心配していません。あんなにお父さんたちに信用してもらえるほど、亮平さんは私をよく言ってくれたんですよね?」

「本当のことだろ? 仕事熱心で、誠実で明るくて芯が通っていて……」

亮平さんの顔が近づいてきて、そっと目を閉じる。

「愛してる、実和子」

「私も、亮平さんを愛しています……」

何度も重なる唇と、乱れる息遣い。言葉だけじゃ足りない想いを、キスで伝えたい。
これからは、彼の一生のパートナーとして、奥さんとして、彼の側で見つけていく。
亮平さんへの愛の伝え方を。
愛しているから、誰よりも側にいてほしいし、側にいたい。
永遠に……。

特別書き下ろし番外編

ハワイでドキドキの結婚初夜

青く澄み渡った空には、雲ひとつなくて、太陽の光が眩しい。思わず目を細めた私に、亮平さんはクスッと笑った。

「日差しが眩しいな。さすがハワイだけど、俺には実和子の方が眩しいよ」

さらっとそんなことを言った彼に、私は照れくささを隠せなかった。

「もう、亮平さんってば……」

今から一時間前、私たちはチャペルで永遠の愛を誓った。

私がずっと憧れていた白亜のチャペル。全面ガラス張りで、海が見える建物は、まるで水面に浮いているような錯覚に陥るほど。

パイプオルガンが重厚に響き、グレーのタキシードに身を包んだ亮平さんの腕に自分の腕を絡ませたとき、本当に彼の奥さんになれるのだと実感した。

「本当に、ドレスが似合ってた。やっぱり、オーダーメイドにして正解だったな」

「ありがとうございます。でも、私には亮平さんがとても凛々しく見えて、惚れ直しちゃいました」

彼と選んだウエディングドレスは、有名な海外の高級ブランドのもの。胸元にダイヤがあしらわれたビスチェドレスだった。

「そんなことを言われると、このままふたりで抜けたいなと思うんだけど」

亮平さんは私の唇を塞ぎ、舌を絡めてきた。

「……ん。亮平さん、ダメですよ。まだ、パーティの途中……」

式が終わり、私たちは橘ホテルの中庭でパーティを行っている。でも、堅苦しい雰囲気ではなく、立食形式のラフなもの。これも、亮平さんのお父さんからの希望で、新しい雰囲気の結婚式を披露したいからとのことだった。

「だって、きみがあまりに綺麗だから。この黄色いドレスも似合ってる」

そう言いながら、亮平さんはキスを続けた。

ちょうどヤシの木に隠れているからいいものの、いつ人が来るかも分からない。

彼の口づけに頭がクラクラしながらも、軽くその体を押した。

「戻りましょう。私たちが長く姿を見せないのは、失礼ですから」

なにせハワイには親族だけではなく、仕事に関係するゲストも多数来ている。原田部長や優奈に、貴也さんと萌さん夫妻も出席してくれている。さらに、大事な橘グループの取引関係者も多数いるのだから、いつまでもふたりで抜け出すわけにはいかなかった。

「そうだな。実和子の言う通りだ。そろそろ戻ろうか」

亮平さんは名残り惜しそうに私の唇をなぞると、笑みを浮かべて腰に手を回した。

それにしても、こんな大勢の人の前で、パーティが始まってからずっと私を離さずにいて、亮平さんは恥ずかしくないのかな……。

貴也さんには『見せつけてくれるよな』と、からかわれるくらいに、式が済んでから、亮平さんは私の体のどこかに手を回している。

「橘副社長、このたびはおめでとうございます」

「ありがとう」

大企業の御曹司たちが、満面の笑みで声をかけてくれる。

ハワイの暖かい海風を感じながら、この上ない幸せを感じていた。

もうすぐサンセット。沈みゆく夕陽を遠くに眺めながら、私は彼の奥さんとして、これからもっと頑張っていかなければ、そう心に決めていた。


パーティが終わり、ゲストも自由な時間になる。

明日帰国する人もいれば、一週間ほど滞在予定の人など、各々違っている。

ただ、会社関係の人たちは、ほとんどが明日帰国するため、空港まで見送ることになっている。私にとって、〝妻〟としての初仕事だ。

両親とは、明日の午後から一緒に観光することになっている。だから、今夜は、早めにふたりきりになれた。

「素敵……。私、こんな豪華なお部屋、初めて泊まります……」

「実和子のために、今夜は一番のスイートルームにした。気に入った？」

亮平さんは私を後ろから抱きしめて、耳元でそう囁く。彼の色っぽい声にドキドキしながら頷いた。

「はい。全部の部屋から海が見渡せるんですね。明日の朝が楽しみ……。それに、バルコニーにプールが……」

オレンジ色の明かりが灯されたバルコニーには、海に向かってプライベートプールがある。

「あとで、プールに入る？」

「そうですね。せっかくなので」

亮平さんの泳ぐ姿は、きっとカッコいいに違いない。締まった胸に、広い肩幅、想像しただけでも絵になる。

「バスルームには、バラの花びらをバスタブに飾ってもらってる。あとで一緒に入ろう。でもその前に……」

軽々と私を抱き上げた亮平さんは、愛おしそうに見つめている。

「この日を、ずっと待ってた。ようやく、実和子を自分の妻として抱けるんだな」

「亮平さん……」

胸が高鳴って、体が熱くなっていく。

彼が連れていってくれたベッドルームは、キングサイズの広いベッドで、ここからも海が見える。ダウンライトの控えめな照明の中、ベッドへ私を下ろした亮平さんはすぐに唇を塞いだ。

「ん……」

力強く舌が絡められ、唇はあっという間に濡れていく。

すると、彼は私の背中を支えて抱き起こした。

「亮平さん？」

まさか、やめちゃうの？

すっかり亮平さんのキスに酔いしれていた私は、物足りない気持ちで彼を見る。

そんな私の心の内を察したのか、亮平さんは優しく言った。

「ドレス、脱がないといけないだろ？　俺が脱がせてあげるから」

「あ……」

そうだよね。そういうことだったんだ。残念に思った気持ちが表に出たようで、ちょっと気恥ずかしい。

亮平さんは私をふわりと抱きしめると、ゆっくりと背中のファスナーを下ろしていく。そしてゆっくりとドレスを脱がしながら、彼のキスが胸へ落とされた。

「あ……」

いきなりそんな場所にキスをするなんて……。

パサッとドレスがベッドから落ちて、今度は亮平さんが慣れたように服を脱いだ。逞しくて、温かい彼の胸にそっと手を触れる。すると、亮平さんの速い鼓動が伝わってきた。

「亮平さんでも、緊張するんですか？」

「当たり前だろ？　今日はパーティの間中、実和子に触れても触れても満たされなくて、ようやく抱けるんだ。そう思ったら、緊張しないわけがない」

私が知ってる亮平さんは、どんな困難なときでも堂々としていて、それを乗り越えていく強いイメージなのに。緊張している彼を、意外に感じてしまう。

それも、私を抱くからって……。

「私も、ドキドキしています。だって、今夜はその……」

途中まで言いかけたのに、最後のひと言が照れくさくて言葉にできない。

すると、亮平さんが囁くように言った。

「今夜は、初夜だ。愛してる、実和子」

私の両腕を掴んだ亮平さんは、唇を塞いだ。強く吸うようなキスと、体を這う優しい手つき。彼のキスはだんだんと、私の体中に降り注いだ。

「あ……。ん……」

呼吸を乱しながら、亮平さんの愛撫に応えていく。

今までだって、こうやって体を重ねてきたけれど、夫婦として認められて抱き合うのは、全然違う感じがする。本当に心から抱き合えているというか、気持ちが重なっている、そんな感覚がする。

「実和子、気持ちいい？」

肩で息をしながら、亮平さんがそう聞いてきた。

彼も、体が汗ばんでいる。空調が効いている部屋なのに、ここだけ暑い……。

「はい。とても……」

亮平さんは満足そうに微笑んだ。

「まだまだ、もっと気持ちよくなって」

彼の動きはさらに激しくなり、そのたびに私の甘い声は大きくなっていく。

結婚式をして初めての夜は、今までにないくらいに亮平さんの愛を感じる時間になった……。


「気持ちいい。なんて、綺麗な景色なの」

早く目が覚め、リビングからバルコニーへ出ると、眼前に海が広がっている。キラキラと輝く水面を見つめながら、この贅沢な空間に感謝でいっぱいだった。

「おはよう、実和子」

背後から声がして振り向くと、亮平さんが少し眠たそうな目をしながら歩いてきた。

「おはようございます、亮平さん。もう少し、寝ていてもいいのに」

「いや、なんとなく目が覚めたらきみがいないから。探してしまったよ」

亮平さんは額にキスをする。そんな彼にクスッと笑った。

「どこにも行きませんよ」

「それは分かってるんだけど、やっぱり実和子の姿が見えないと心配で……」

亮平さんはまだ眠たそうで、どこかボーッとしている。

「じゃあ、ベッドに戻りますから、もう少し寝ましょう」

昨夜はほとんど寝る時間もないほど、体を重ね合っていたし……と、甘い時間を思い出し、つい頬が緩んでしまう。

すると、亮平さんがニッとして言った。

「今、なにか思い出したろ？　昨夜のこと？」

「えっ⁉」

まさか、お見通し？

顔が赤くなるのが自分でも分かるくらいに動揺してしまったけど、そんな私にお構いなしに、彼は私の体を抱き上げた。

「まだ寝る時間があるなら、きみを抱く時間もあるってことだな」

「亮平さんってば……」

亮平さんはすっかり目が覚めたのか、苦笑する私にキスを落として、ベッドへ連れていった。

「昨日は、本当にいいお式でした。橘副社長、今後ともよろしくお願いいたします」

空港でゲストの方たちの見送りをする。

忙しい中、ハワイまで来てくれたことが、本当に嬉しい。

「実和子夫人も、これからもどうぞよろしくお願いいたします」

大手企業の御曹司に声をかけられ、緊張しながら「は、はい！」と答える。

まだまだ、副社長夫人として不慣れな私に、亮平さんはフッと笑った。

「実和子、そんな緊張しなくていいんだから。仕事でクライアントと接するだろ？　そんな雰囲気でいいんだよ」

空港からの帰り、車に乗り込むと、亮平さんがフォローするように言ってくれた。

「だって、〝夫人〟なんて言われたから……。私、本当に亮平さんの奥さんになったんだなって思ったら、途端に緊張したんです」

「かわいいな、実和子は。そうだよ、きみはもう俺の奥さんだから。俺がどんなときも側にいて、幸せにする」

そう言いながら、亮平さんは顔を近づけてきた。反射的に体を押し返してしまう。

「ここ、駐車場ですから。誰に見られるか……」

暗い場所ならまだしも、こんなに明るくて人通りも多い。誰に見られても不思議じゃない。

　恥ずかしくてそう言った私に、彼は意地悪く反論した。

「ハワイだから、大丈夫」

「ん……！」

　濃厚なキスをされ、ドキドキと胸が高鳴った。

「もう、亮平さんってば」

　わざと睨むと、亮平さんはクスッと笑っている。

「謝らないよ。本当は、もっとしたいくらいだったから」

「亮平さん……、ハワイに来てからいつもより積極的ですよね？」

　私の心臓がもたないんじゃないかってくらいに、ここへ来てからの亮平さんは甘さが増している気がする。

　すると、彼は「そうかな？」と少し考えてから言った。

「どっちかっていうと、今の俺の方が素だよ。実和子は奥さんになったんだし、遠慮する必要がないからかもな」

「そうなんですか……？　私は、ドキドキしっぱなしですよ」

　これから毎日、こんな甘い日々が待っているの？　だとしたら……。

「もっとドキドキしてほしい。これからも、ずっと実和子に愛を注いでいくから」

「はい……」

私はもっともっと、亮平さんに恋をしてしまうだろう。

甘い毎日と、大きな愛に包まれながら、これからも幸せの道を歩いていく。

亮平さんと一緒に、色褪せることのない未来に向かって、ずっと……。

END

あとがき

本書を手に取ってくださり、ありがとうございます。

今回の作品は、見た目も地位も人柄も完璧なヒーロー亮平と、仕事にひたむきで恋愛には少し鈍いヒロイン実和子のお話でした。

亮平は、経済界のドンと呼ばれる父を持ち、恵まれた環境で育った人に見えます。けれど、過去には結婚まで考えていた彼女と、親の反対により別れたという辛い経験をしていました。そんな彼が、仕事で知り合った実和子に恋をしていきます。ひたむきに頑張る姿が、亮平には眩しく映り、いつしか誰よりも愛する女性へと変わっていきます。

ふたりが付き合いたてでも、実和子は忙しいと連絡を怠ったりする人でした。そんな実和子の心を繋ぎ止めるために、亮平は彼なりに努力をしていきます。そうやってふたりが愛を育てる間にも、元カレ元カノの登場で、ぎくしゃくすることもあったり……。実和子たちに待ち受ける困難を、一生懸命乗り越えた先には、永遠の幸せが待っていました。何より、亮平は実和子への愛情を隠すことなく、ストレートに出していきます。書き下ろし番外編では、この先亮平が実和子をどれほど溺愛するか、チラリと見えてくるのではないでしょうか？

愛し愛され、それは恋愛の王道かもしれませんが、やっぱり私は大好きです。人から愛されることで、人は強くなり優しさも大きくなっていくんじゃないかと思うからです。ふたりにはこれからも、愛を見せてくれたらいいなと思います。そして、この作品を読んでくださった皆さまにも、幸せな気分を味わえてもらえたら嬉しいです。

最後に、いつも私と作品を支えてくださる担当の倉持さま、より輝くストーリーになるようお力添えをくださるライターの妹尾さま、私の作品に彩りを添えてくださるイラストレーターの虎井シグマさま、本当にありがとうございます。そして、本書を手に取ってくださった読者の皆さま、本当に本当にありがとうございます。

これからも、幸せ感いっぱいの作品を書けるように頑張っていきます。

またお会いできることを願って。失礼します。

花音莉亜《かのんりあ》

花音莉亜先生への
ファンレターのあて先

〒104-0031
東京都中央区京橋1-3-1
八重洲口大栄ビル７Ｆ
スターツ出版株式会社　書籍編集部　気付

花音莉亜先生

本書へのご意見をお聞かせください

お買い上げいただき、ありがとうございます。
今後の編集の参考にさせていただきますので、
アンケートにお答えいただければ幸いです。

下記URLまたはQRコードから
アンケートページへお入りください。
http://www.berrys-cafe.jp/static/etc/bb

スパダリ副社長の溺愛がとまりません！

2017年9月10日　初版第1刷発行

著　　者　花音莉亜

発 行 人　松島 滋
デザイン　カバー　近田日火輝（fireworks.vc）
フォーマット　hive&co.,ltd.
D T P　久保田祐子
校　　正　株式会社 文字工房燦光
編集協力　妹尾香雪
編　　集　倉持真理
発 行 所　スターツ出版株式会社
〒104-0031
東京都中央区京橋1-3-1　八重洲口大栄ビル7F
TEL　販売部　03-6202-0386（ご注文等に関するお問い合わせ）
URL　http://starts-pub.jp/
印 刷 所　大日本印刷株式会社

Printed in Japan

乱丁・落丁などの不良品はお取替えいたします。
上記販売部までお問い合わせください。
定価はカバーに記載されています。

ISBN 978-4-8137-0313-6　C0193

Berry's COMICS
ベリーズコミックス

各電子書店で
単体タイトル
好評発売中!

『ドキドキする恋、あります。』

NEW

『イジワル同期とルームシェア!?①~②』
作画:羽田伊吹
原作:砂川雨路

NEW

『その恋、取扱い注意!①~②』
作画:杉本ふぁりな
原作:若菜モモ

NEW

『プライマリーキス①~②』
作画:真神れい
原作:立花実咲

『はじまりは政略結婚①~②』
作画:七緒たつみ
原作:花音莉亜

『私のハジメテ、もらってください。①』
作画:蒼乃シュウ
原作:春川メル

『俺様副社長に捕まりました。①』
作画:石川ユキ
原作:望月沙菜

『無口な彼が残業する理由①~③』[完]
作画:赤羽チカ
原作:坂井志緒

『華麗なる偽装結婚①~②』[完]
作画:石丸博子
原作:鳴瀬菜々子

電子コミック誌

comic Berry's
コミックベリーズ

各電子書店で発売!

他全9作品

毎月第1・3金曜日配信予定

amazonkindle | コミックシーモア | どこでも読書 | Renta! | dブック | ブックパス 他

『エリート上司の甘い誘惑』

砂原雑音《すなはらのいず》・著

OLのさよは、酔い潰れた日に誰かと交わした甘いキスのことを忘れられない。そんな中、憧れのイケメン部長・藤堂が意味深なセリフと共に食事に誘ってきたり壁ドンしてきたり。急接近してくる彼に、さよはドキドキし始めて…。あのキスの相手は部長だったの…？

ISBN978-4-8137-0316-7／定価：本体630円+税

ベリーズ文庫 2017年9月発売

書店店頭にご希望の本がない場合は、書店にてご注文いただけます。

『クールな御曹司と愛され政略結婚』

西《にし》ナナヲ・著

映像会社で働く唯子は、親の独断で政略結婚することに。その相手は…バージンを捧げた幼馴染のイケメン御曹司だった!?　今さら愛なんて生まれるはずがないと思っていたのに「だって夫婦だろ？」と甘く迫る彼。唯子は四六時中ドキドキさせられっぱなしで…!?

ISBN978-4-8137-0317-4／定価：本体640円+税

『スパダリ副社長の溺愛が止まりません！』

花音莉亜《かのんりあ》・著

設計事務所で働く実和子が出会った、取引先のイケメン御曹司・亮平。彼に惹かれながらも、住む世界が違うと距離を置いていた実和子だったが、亮平からの告白で恋人同士に。溺愛されて幸せな日々を過ごしていたある日、亮平に政略結婚の話があると知って……!?

ISBN978-4-8137-0313-6／定価：本体620円+税

『国王陛下は無垢な姫君を甘やかに寵愛する』

若菜《わかな》モモ・著

王都から離れた島に住む天真爛漫な少女・ルチアは、沈没船の調査に訪れた王・ユリウスに見初められる。高熱で倒れてしまったルチアを自分の豪華な船に運び、手厚く看護するユリウス。優しく情熱的に愛してくれる彼に、ルチアも身分差に悩みつつ恋心を抱いていき…!?

ISBN978-4-8137-0318-1／定価：本体640円+税

『俺様副社長のとろ甘な業務命令』

未華空央《みはなそらお》・著

外資系化粧品会社で働く佑月25歳。飲み会で泥酔してしまい、翌朝目を覚ますと、そこは副社長・高宮の家だった…！　彼から「昨晩のことを教えるかわりに、これから俺が呼び出したら、すぐに飛んでこい」と命令される佑月。しかも頷くまで帰してもらえなくて…!?

ISBN978-4-8137-0314-3／定価：本体630円+税

『寵妃花伝　傲慢な皇帝陛下は新妻中毒』

あさぎ千夜春《ちよはる》・著

村一番の美人・藍香は、ひょんなことから皇帝陛下の妃として無理やり後宮に連れてこられる。傲慢な陛下に「かしずけ」と強引に迫られると、藍香は戸惑いながらも誠心誠意お仕えしようとする。次第に、健気な藍香の心が欲しくなった陛下はご寵愛を加速させ…。

ISBN978-4-8137-0319-8／定価：本体640円+税

『御曹司と溺愛付き!?ハラハラ同居』

佐倉伊織《さくらいおり》・著

25歳の英莉は、タワービル内のカフェでアルバイト中、同じビルにオフィスを構えるキレモノ御曹司、一木と出会う。とあるトラブルから彼を助けたことがきっかけで、彼のアシスタントになることに！　住居も提供すると言われついていくと、そこは一木の自宅の一室で…!?

ISBN978-4-8137-0315-0／定価：本体640円+税

ベリーズ文庫 2017年10月発売予定

書店店頭にご希望の本がない場合は、
書店にてご注文いただけます。

『もしもあなたと結婚するなら』

黒乃《くろの》 梓《あずさ》・著

Now Printing

祖父母同士の約束でお見合いすることになった晶子。相手は自社の社長の孫・直人で女性社員憧れのイケメン。「すぐにでも結婚したい」と迫られ、半ば強引にお試し同居がスタート。初めは戸惑うものの、自分にだけ甘く優しい素顔を見せる彼に晶子も惹かれていき…!?

ISBN978-4-8137-0332-7／予価600円＋税

『−50kgのシンデレラ』

望月《もちづき》いく・著

Now Printing

ぽっちゃり女子の陽芽は、就職説明会で会った次期社長に一目ぼれ。一念発起しダイエットをし、見事同じ会社に就職を果たす。しかし彼が恋していたのは…ぽっちゃり時代の自分だった!?「どんな君でも愛している」――次期社長の規格外の溺愛に心も体も絆されて…。

ISBN978-4-8137-0333-4／予価600円＋税

『意地悪上司は溺愛旦那様!?』

あさぎ千夜春《ちよはる》・著

Now Printing

地味OLの亜弓は、勤務先のイケメン御曹司・麻宮に、会社に内緒の"副業"を見られてしまう。その場は人違いとごまかしたものの、紳士的だった麻宮がその日から豹変！甘い言葉を囁いたりキスをしてきたり。彼の真意がわからない亜弓は翻弄されて……!?

ISBN978-4-8137-0329-7／予価600円＋税

『国王陛下は幼なじみを愛しすぎています』

桃城猫緒《ももしろねこお》・著

Now Printing

両親を亡くした子爵令嬢・リリアンが祖父とひっそりと暮らしていたある日、城から使いがやって来る。半ば無理やり城へと連行された彼女の前に現れたのは、幼なじみのギルバード。彼はなんとこの国の王になっていた!?　リリアンは彼からの執拗な溺愛に抗えなくて…。

ISBN978-4-8137-0335-8／予価600円＋税

『社長のキスから逃げられませんっ！』

きたみ まゆ・著

Now Printing

美月は映画会社で働く新人OL。仕事中、ある事情で落ち込んでいると、鬼と恐れられる冷徹なイケメン社長・黒瀬に見つかり、「お前は無防備すぎる」と突然キスされてしまう。それ以来、強引なのに優しく溺愛してくる社長の言動に、美月は1日中ドキドキが止まらなくて…!?

ISBN978-4-8137-0330-3／予価600円＋税

『予知夢姫と夢喰い王子』

史煌《しおん》・著

Now Printing

伯爵令嬢のエリーゼは近衛騎士のアレックス伯爵と政略結婚することに。毎晩、寝所を共にしつつも、夫婦らしいことは一切ない日々。でも、とある事件で襲われそうになったエリーゼを、彼が「お前は俺が守る」と助けたことで、ふたりの関係が甘いものに変わっていき!?

ISBN978-4-8137-0334-1／予価600円＋税

『本物の恋を手に入れる方法』

高田《たかだ》ちさき・著

Now Printing

もう「いい上司」は止めて「オオカミ」になるから――。商社のイケメン課長・裕貴は将来の取締役候補。3年間彼に片想い中の奥手のアシスタント・紗衣がキレイに目覚めた途端、裕貴からの独占欲が止まらなくなる。両想いの甘い日々の中、彼の海外勤務が決まり…!?

ISBN978-4-8137-0331-0／予価600円＋税